Une couronne pour un cœur

Barbara Cartland

Une couronne pour un cœur

Traduit de l'anglais par Robert Favart

POUR elle

Titre original :
THE RELUCTANT BRIDE

1

Précédé par un craquement sinistre, un grondement sourd ébranla le plafond. Lady Lambourn, qui somnolait, sursauta et s'écria d'une voix pleine d'appréhension :

– Mon Dieu! que se passe-t-il encore?

Assise près de la fenêtre, sa fille Camilla raccommodait du linge; elle se leva et vint, d'un geste caressant, apaiser la malade.

– C'est, j'en ai peur, le toit de la chambre aux griffons qui s'effondre. Les dernières pluies ont détrempé les murs et le vieux Wheaton nous avait avertis que si nous ne le réparions pas, il ne tarderait pas à céder.

– Notre troisième plafond menacé, se lamenta la vieille dame. Hélas! toute la maison s'écroulera bientôt sur nos têtes!

– Il faudrait entreprendre des travaux, soupira Camilla, et ils sont au-dessus de nos moyens... comme tout le reste!

Lady Lambourn leva vers la jeune fille un regard las, embué de larmes.

– Qu'allons-nous devenir, ma petite chérie?

gémit-elle. Dieu sait qu'il ne nous reste plus rien à vendre. Je sais bien que cette ultime démarche de ton père à Londres sera inutile...

– Je le pense aussi, mais vous connaissez l'optimisme de papa. Il est parti convaincu de trouver, cette fois-ci, une âme assez compatissante pour accepter de nous aider.

– Ton père ne perd jamais espoir, même lorsque tout se ligue contre lui... Mais, en l'occurrence, j'ai bien peur que ce dernier coup ne nous soit fatal. Quand notre Jarvis nous reviendra d'au-delà des mers, il risque fort de nous trouver en prison pour dettes!

– A Dieu ne plaise, maman! se récria Camilla.

– Cette perspective m'inflige des cauchemars chaque nuit, insista lady Lambourn, sur un ton pathétique. Si je ne me sentais pas si faible, je pourrais essayer de reprendre contact avec nos relations d'autrefois. Lorsque ton père était ambassadeur d'Angleterre, tant de gens auxquels il avait rendu service lui ont juré une reconnaissance éternelle! Où sont-ils tous à présent?

– Comme vous dites, maman, où sont-ils? répéta Camilla avec amertume. Il est vrai que nous n'avons pas été les seuls à nous retrouver ruinés l'année dernière. C'est une véritable débâcle financière qui a succédé aux guerres napoléoniennes! Tant de banques ont dû suspendre brusquement leurs paiements! Papa dit que 1816 restera gravé sur les tombes des cimetières du Royaume-Uni comme un millésime terrible!

– Nous, au moins, nous survivons encore, marmonna lady Lambourn... mais pour combien de temps?

– Il ne faut pas se décourager, implora Camilla en s'agenouillant auprès de sa mère pour mieux l'entourer de ses bras. Qui sait? Jarvis reviendra peut-être riche de ses lointaines explorations et vous pourrez vous rendre à Bath et y prendre les eaux. On vante tellement les vertus de ces sources chaudes! Je suis sûre qu'elles guériraient vos jambes.

– Si nous réussissions à trouver un peu d'argent, j'aimerais mieux te voir mener à Londres la vie que tu mérites.

– Ne vous faites pas de souci pour moi, maman, coupa Camilla avec impétuosité. Vous savez bien que lorsque je me suis rendue à Londres l'an dernier, je ne m'y suis pas plu le moins du monde, malgré les efforts de tante Georgiana pour m'introduire dans la bonne société. Tout ce que je souhaite, c'est de vivre en paix ici entre papa et vous. Si seulement nous étions sûrs de manger tous les jours à notre faim et de garder un toit au-dessus de nos têtes!

– Hélas! nous n'en prenons guère le chemin, constata lady Lambourn. Les domestiques qui sont restés à notre service ont touché leurs derniers gages depuis si longtemps que j'ose à peine regarder en face notre brave Agnès quand je la vois assumer seule les besognes que se partageaient naguère trois valets de pied!

– Agnès est chez nous depuis si longtemps, qu'elle fait un peu partie de la famille. Pas plus tard qu'hier elle me disait : « Quand *nous* redeviendrons riches, milady, nous rirons de tout cela. » Elle trouve normal de partager nos peines comme elle a partagé nos joies.

– Je me demande bien ce qui retient ton père à

Londres, s'impatienta lady Lambourn. Pourvu qu'il n'ait pas eu la fâcheuse idée d'emprunter de l'argent à un ami pour aller le risquer à une table de jeu!

– Papa n'est pas joueur, affirma Camilla. Il avait sagement investi sa fortune dans les banques. Dommage qu'il ait eu la mauvaise idée de le faire en francs napoléoniens!

– C'est à cause de ce monstre couronné que nous sommes ruinés! Et dire qu'au lieu de nous enrichir notre victoire nous a quasiment réduits à la mendicité! Oh! Camilla, qu'allons-nous faire?

– Prier, maman chérie. Vous m'avez toujours enseigné que la prière était le recours suprême...

– Je l'ai longtemps cru, mais toutes ces épreuves me poussent à en douter.

Camilla soupira et retourna à la fenêtre.

Filtrant à travers les persiennes, le soleil d'avril dorait sa silhouette. Lady Lambourn la contemplait avec un mélange d'orgueil maternel et de tristesse.

« Camilla est trop maigre », songea-t-elle. Cela n'avait rien de surprenant, car, chaque semaine, ils devaient de plus en plus rationner leur alimentation. Après s'être endettés auprès du boucher du village, ils avaient dû en plus se séparer des gardes-chasse qui auraient pu leur fournir lièvres et faisans en ravitaillement d'appoint. La domesticité les avait quittés peu à peu, à l'exception d'Agnès et de Wheaton qui était à leur service depuis cinquante ans; mais le vieil homme n'y voyait presque plus et il était à ce point perclus de rhumatismes que son travail se réduisait à peu de chose.

Qu'elles étaient loin les années brillantes où sir

Horace et lady Lambourn de retour, pour la « Season » à Londres, de l'une ou l'autre des capitales européennes où ils se trouvaient en poste, étaient *persona grata* à la cour de Saint-James. Le monde diplomatique chantait les louanges de l'ambassadeur et vantait le charme de sa ravissante épouse.

De magnifiques présents étaient offerts en ces occasions à Jarvis et à Camilla mais celle-ci, même adolescente, leur avait toujours préféré les jouets et les poupées de son enfance. Dès son plus jeune âge, la fillette aux boucles d'or et au regard bleu pervenche empreint très tôt d'une expression sérieuse promettait d'être une grande beauté.

– Vous verrez, leur disait-on avec un sourire admiratif, cette petite sera un jour la coqueluche de Londres et les prétendants les plus huppés se presseront à votre porte!

Lady Lambourn en avait volontiers accepté l'augure... Avec les années, l'adorable fillette était en effet devenue une très belle jeune fille, mais l'argent avait commencé à manquer. Camilla n'avait pu acheter les toilettes qui auraient mis sa beauté en valeur, et le château délabré ne s'était plus ouvert pour des bals où les soupirants éventuels auraient pu accourir.

– Ah! ma chère enfant, j'avais tant d'ambition pour toi, murmura la vieille dame.

Mais la jeune fille n'écoutait plus les propos de sa mère. Levant le doigt elle réclama le silence.

– Je crois, maman... j'en suis sûre même... j'entends les roues d'une voiture, s'écria-t-elle en se précipitant hors de la pièce.

Immobilisée sur sa chaise longue, lady Lambourn

écouta les pas rapides s'éloigner dans le hall, puis le bruit de la grande porte qu'on déverrouillait.

– Mon Dieu, puisse Horace nous rapporter quelque espoir... dit-elle, joignant ses mains pour cette courte prière.

Il y eut un murmure de voix et la porte du salon, laissée entrebâillée par Camilla, s'ouvrit dans un brouhaha. Sir Horace s'avança, bras tendus, vers son épouse.

En dépit des années, l'ancien ambassadeur de Sa Gracieuse Majesté était toujours un fort bel homme avec ses cheveux argentés, sa haute taille et sa sveltesse que soulignait l'élégance de son costume de voyage admirablement coupé, bien qu'il ne fût plus très neuf. Le cou entouré d'une cravate de soie artistement nouée, presque impeccable malgré la poussière du voyage, le vieux gentleman marchait d'un pas rapide et triomphant. Il se pencha pour embrasser sa femme.

– Horace, mon amour, murmura-t-elle en tendant vers lui ses belles mains soignées aux ongles nacrés. Avez-vous réussi dans vos démarches?

Lady Lambourn pouvait à peine articuler ces mots tant l'angoisse l'étranglait.

– Au-delà de toute espérance, ma chère!

La voix de l'ambassadeur sonnait, claironnante, sous les lambris de la pièce.

– Oh! Papa, dites-nous vite! s'exclama Camilla.

Le délabrement du salon semblait avoir disparu comme par enchantement dès l'apparition du maître de maison. L'atmosphère désespérée des lieux s'était évanouie comme si une lumière étincelante éclairait le moindre recoin de la pièce.

– Horace, êtes-vous sûr de vous sentir bien?

interrogea son épouse, inquiète d'un tel excès d'optimisme.

– Je vous jure que je me porte à merveille, ma très chère, la rassura-t-il. Tout va s'arranger pour nous désormais! Je brûle de vous raconter mon voyage mais auparavant, Camilla, demande aux domestiques d'aller chercher dans la voiture les paquets que je vous ai apportés.

– Des paquets? Quels paquets?

– Un pâté de foie gras, une épaule de mouton, une grande caisse du meilleur brandy et du thé indien, celui que ta mère préfère.

– C'est extraordinaire! s'écria Camilla en s'élançant hors de la pièce pour aller chercher elle-même tous ces trésors car elle savait qu'Agnès et Wheaton en seraient incapables à eux seuls, le vieux cocher étant occupé à déharnacher ses haridelles.

Dès qu'elle eut le dos tourné, sir Horace porta la main de sa femme à ses lèvres.

– Nos malheurs sont terminés, ma chère, annonça-t-il.

– Mais comment? Et si vous avez obtenu un prêt, comment ferons-nous pour le rembourser?

– Il ne s'agit point d'un prêt, et...

Mais le vieil homme fut interrompu par le retour de sa fille.

– Papa! cria-t-elle, tout excitée. Il y avait un laquais juché sur le siège arrière de votre voiture. Il m'a dit qu'il avait été engagé par vous! Dois-je le croire?

– En tout point, mon enfant. Je n'ai pas eu le temps d'embaucher plus de personnel. Mais j'imagine que nous pourrons engager de nouveau nos anciens domestiques. Ce valet de pied était disponible, je l'ai pris en attendant.

– Mais tout cela... avec quel argent?

La joie de Camilla était brusquement tombée; elle paraissait interloquée et sa voix trahissait son inquiétude.

Sir Horace prit le temps d'ôter sa redingote de voyage qu'il jeta sur le dossier d'une chaise.

– Je vais tout expliquer, mais laissez-moi d'abord étancher ma soif. J'ai fait le parcours depuis Londres à bride abattue, ne prenant même pas le temps de faire boire mes chevaux tant j'étais pressé de vous raconter ce qui nous arrive.

– Je vais vous chercher une bouteille de brandy, dit Camilla.

– Non! coupa son père. Demande au laquais de le servir. Il n'y a plus de raison pour que tu te livres encore à des tâches ménagères, comme au cours de ces derniers mois.

– Je n'ai jamais considéré comme des tâches ménagères les menus services que je peux vous rendre, cher papa, affirma la jeune fille en souriant.

Oubliant sa soif, sir Horace lui tendit les bras pour l'attirer à lui.

– Ma petite fille bien-aimée, si la nouvelle que je vais vous apprendre m'excite à ce point c'est parce qu'elle te concerne. Et c'est ce qui lui donne tant de prix à mes yeux.

– Cette nouvelle me concerne... moi?

– Viens t'asseoir, mon enfant.

Il s'était calé dans un fauteuil près de la chaise longue de sa femme. Tirant à elle un tabouret, Camilla s'assit entre eux.

– Parlez vite, papa, implora-t-elle. Je ne tiens plus en place!

– Et moi pas davantage, intervint lady Lambourn. Horace, vous ne pouvez savoir l'effet que me fait votre état d'euphorie. Quand je vous ai vu partir, vous paraissiez un vieil homme! Et je vous retrouve aussi gai que notre fils!

– Je me sens, en effet, de nouveau un jeune homme, ma chère!

– Allez-vous nous dire enfin pourquoi?

L'ambassadeur se racla la gorge pour clarifier sa voix et se cala plus profondément dans le fond de son siège.

– Ma petite Camilla, tu te souviens, n'est-ce pas, que je t'ai souvent parlé de la principauté de Meldenstein?

– Bien sûr, papa, ainsi que de la princesse régnante qui la gouverne. Vous l'aviez même choisie pour être ma marraine... une marraine à qui je dois mes plus beaux jouets d'enfant. L'année dernière encore, elle a envoyé, pour mon anniversaire, cette merveilleuse sortie de bal en dentelle que je n'ai jamais eu l'occasion de porter.

– Tout est changé, désormais. Tu vas pouvoir t'en parer souvent, ainsi que d'autres atours, plus somptueux encore.

– Mais que voulez-vous dire, enfin?

– Commençons par le commencement, veux-tu?

A ce moment, le vieux gentleman s'interrompit, car un laquais de haute taille vêtu de la livrée des Lambourn et portant un plateau était apparu sur le pas de la porte.

– J'ai pensé, dit-il respectueusement, que Votre

Grâce serait heureuse de boire un verre de vin pour se remettre de la fatigue du voyage.

– Merci, mon ami, répondit le lord qui ajouta, se tournant vers sa femme : Ma chère, je vous présente James. Je lui ai dit que, pendant quelques jours, nous manquerons au château de personnel. Mais je donnerai des instructions pour que les emplois trop longtemps restés vacants soient pourvus au plus tôt.

En vrai valet de grande maison, James posa sur un guéridon son plateau avec le carafon de vin et les verres et, déférent, après une inclination de tête, se retira discrètement.

– Excellente recrue, commenta sir Horace. Il a servi chez le duc de Devonshire, où on l'a, je vois, parfaitement stylé.

Ses interlocutrices se contentèrent d'acquiescer d'un signe de tête car elles étaient avides de l'entendre passer au sujet primordial. L'ancien diplomate ne les fit pas attendre plus longtemps.

– Venons-en à mon histoire, commença-t-il. En débarquant à Londres, j'étais désespéré. J'avais beau tenter de faire bonne figure, je vous avais quittées conscient de friser le désastre. A tout hasard, je me suis rendu à mon club dans le secret espoir de tomber sur un ami d'autrefois qui pourrait m'aider.

– Mon pauvre papa, que cette démarche a dû vous être pénible! s'apitoya Camilla.

– Je ne voulais songer qu'au bien-être de ta mère et au tien. Je ne trouvai à mon club que de vagues connaissances. Et je me demandais si j'allais gaspiller le peu d'argent qu'il me restait en me commandant un dîner lorsque, dans mon dos, j'entendis une voix s'écrier : « Lord Lambourn ! On peut dire que le ciel vous envoie ! »

– Qui était-ce ? demanda lady Lambourn.

– Ma chère, vous souvenez-vous de Ludovic von Helm ?

La vieille dame fronça le front dans un effort manifeste de concentration.

– Von Helm ? Le nom me dit quelque chose. Ne s'agit-il pas de ce courtisan plein d'ambition qui gravitait jadis à la cour de Meldenstein ?

– Exactement, ma chère. Eh bien, figurez-vous que ses ambitions sont aujourd'hui satisfaites ! Von Helm est le Premier ministre de la principauté !

– Vraiment ? s'étonna lady Lambourn. Mais la principauté elle-même, qu'est-elle devenue ? Napoléon ne l'avait-il pas annexée comme tant d'autres Etats germaniques ?

– Eh non ! Von Helm m'a expliqué que la principauté de Meldenstein s'était bien tirée, en fin de compte, de toutes les guerres impériales. Le peuple n'a pas tenté de résister aux Français, qui se sont contentés de transiter avec leurs troupes en route pour la Russie et de bivouaquer dans le pays sans l'occuper réellement. De sorte qu'après la chute du tyran, la principauté s'est retrouvée plus riche qu'elle ne l'était avant.

– Mais comment est-ce possible ?

– Comme vous le savez, ma chère, la princesse était de naissance anglaise. En femme avisée, elle avait placé les fonds d'Etat dans son pays d'origine. Certes, elle a dû passer par de mauvais moments lors des premières invasions, craignant à juste titre un débarquement de Bonaparte en Angleterre. Mais, depuis Waterloo, Meldenstein se retrouve dans le camp des vainqueurs et jouit d'une situation financière non seulement intacte, mais plus avantageuse encore.

– Il est heureux qu'il y ait au moins quelqu'un pour tirer bénéfice de ces maudites guerres! soupira l'ambassadrice non sans amertume.

– La princesse a très bien su mener sa barque, poursuivit sir Horace. Son fils, le prince Hedwig, voyageait en Orient au moment des premières campagnes napoléoniennes. Il n'est revenu dans la principauté que tout récemment et c'est sa mère qui, pendant son absence, a exercé la régence.

– Sa qualité d'Anglaise n'a pas dû lui faciliter les choses...

– Eh bien, il semble que si! Comme ce fut le cas pour la reine Louise de Prusse, Napoléon pouvait à l'occasion se montrer sensible aux malheurs d'une souveraine lorsqu'elle était aussi une jolie femme. Il a laissé la princesse gouverner sous la tutelle d'un de ses maréchaux, lequel, également charmé par Son Altesse Sérénissime, a fait pour ce pays des concessions dont d'autres, moins chanceux, n'ont pas bénéficié.

Lord Lambourn s'arrêta de parler et sa femme en profita pour dire :

– Vous me voyez ravie, Horace, d'apprendre que les choses aient si bien tourné pour cette chère Elaine. J'ai toujours eu beaucoup d'amitié pour elle; mais je ne vois pas en quoi tout ceci nous concerne.

– Ceci nous concerne on ne peut plus intimement, ma bonne amie, déclara l'ambassadeur avec emphase, car vous ne m'avez pas laissé le temps de préciser que si Ludovic von Helm est venu en Angleterre c'était pour s'acquitter d'une mission très particulière : me rencontrer pour me demander, au nom de Son Altesse Sérénissime, le prince Hedwig de Meldenstein, la main de notre fille !

Quelques instants d'un silence stupéfait suivirent cette déclaration avant que, d'une toute petite voix, Camilla retrouve suffisamment ses esprits.

– Vous voulez dire, papa... que le prince... veut m'épouser ?

– La sollicitation du Premier ministre avait un caractère tout à fait officiel et je n'ai pas besoin de te souligner, mon enfant, ce que cette offre mirifique peut représenter pour nous dans la situation désespérée où je me trouve. Je garde de Meldenstein un souvenir ébloui : c'était mon premier poste comme attaché à la légation d'Angleterre et, après Rome et Paris, j'y suis retourné comme ministre. La princesse et son mari ont alors eu pour nous les plus grands égards. L'idée de te savoir bientôt, toi, ma fille, sur le trône de la principauté me comble de joie.

– Mais... je ne l'ai jamais rencontré, ce prince Hedwig ! protesta Camilla.

– Arrive-t-il bientôt en Angleterre ? demanda lady Lambourn.

Sir Horace parut soudain mal à l'aise.

– Ma chérie, vous ne pouvez pas ne pas comprendre qu'il est difficile à un prince régnant, rentré dans son pays après quinze années d'exil, de repartir en voyage alors qu'il vient à peine de retrouver son peuple. Von Helm m'a expliqué que le prince, si populaire et si aimé qu'il soit, serait mal vu s'il lui prenait la fantaisie de se soustraire à ses obligations. C'est la raison pour laquelle il a délégué son Premier ministre, la seconde personnalité de l'Etat.

Te rends-tu compte de l'honneur qui nous est fait?

La jeune fille se leva, s'approcha de la cheminée et, avec un regard au feu qui se mourait, demanda d'une voix calme :

– Avez-vous accepté, papa?

De nouveau, l'ancien ambassadeur montra un certain embarras.

– Tu penses bien que je n'ai pas voulu donner l'air de bondir sur cette proposition, répondit-il. Mais l'envoyé extraordinaire du prince m'a donné tous les détails du projet matrimonial. Veux-tu que je te les communique?

Comme Camilla, qui lui tournait le dos, ne répondait pas, c'est à son épouse que sir Horace s'adressa :

– Son Altesse Sérénissime entend verser à sa fiancée, le jour du mariage, une dot de cent mille livres. En outre, comme il désire qu'elle ait un trousseau princier digne de sa haute position, il a chargé son Premier ministre de me remettre sur-le-champ dix mille livres pour pourvoir aux premiers frais.

– Dix mille livres! s'écria lady Lambourn près de défaillir. Mais Horace, c'est une somme énorme!

– Cette générosité est en tout point conforme aux fastes traditionnels de Meldenstein! s'exclama l'ambassadeur, enthousiaste.

Cependant il ne quittait pas des yeux sa fille qui s'agrippait au manteau de la cheminée comme pour y trouver un appui.

Le silence devenait pesant. L'ancien diplomate dit enfin d'un ton différent :

– Tu es heureuse, n'est-ce pas, mon enfant?

– Cet homme ne m'a jamais vue, balbutia Camilla. Comment peut-il souhaiter m'épouser?

– Tu sais, lorsqu'il s'agit de têtes couronnées, les choses se passent toujours ainsi, plaida son père.

– Mais... les deux personnes concernées doivent bien se rencontrer... avant de décider quoi que ce soit...

– Pas toujours. Notre prince de Galles n'avait jamais rencontré sa fiancée, Caroline de Brunswick, avant leur mariage.

– Oui, mais quel désastre en est résulté! s'empressa de dire Camilla.

– On ne peut pas comparer les deux cas, trancha sir Horace, conscient d'avoir commis un impair. Nos deux familles se connaissent : la princesse mère est ta marraine et l'une de nos grandes amies. Quant au prince Hedwig, je n'entends que des louanges sur son compte.

– Quel âge a-t-il? s'enquit la jeune fille.

Sir Horace marqua une pause de plusieurs secondes avant d'annoncer, comme si on lui arrachait les mots de la bouche :

– Trente-huit ou trente-neuf ans.

– Et comment se fait-il qu'il ne se soit pas encore marié?

– Je t'ai déjà expliqué, reprit le diplomate avec une pointe d'agacement dans la voix, que le prince voyageait en Orient lorsque la guerre a éclaté. Il n'allait tout de même pas se marier là-bas! A présent qu'il est de retour, tout son peuple se réjouit à l'idée de le voir perpétuer la dynastie.

– Et comme, pour cela, il faut une épouse, la première venue fera l'affaire! éclata Camilla. Pourquoi le choix s'est-il porté sur moi?

– Mon enfant, je n'aime pas t'entendre parler sur ce ton! Cette démarche est tout à notre honneur : les Meldenstein règnent sur la principauté depuis près de mille ans. La tradition, établie par ses souverains depuis maintenant trois générations, de choisir des épouses anglaises a forgé des liens très étroits entre nos deux pays. Te voir régner sur une autre cour étrangère ne m'aurait pas procuré la même joie!

Camilla se retourna brusquement. Ses joues étaient pâles et ses yeux immenses, où passait une lueur effarée, semblaient trop grands pour son visage.

– Je n'ai envie de régner nulle part, papa! s'exclama-t-elle avec passion. Vous savez bien que je ne suis pas faite pour ce genre de vie. Vous et maman avez toujours approché des rois, des reines et des familles princières. Mais moi, ai-je jamais fréquenté les cours? J'ai toujours vécu, ici ou ailleurs, une existence tranquille, à l'exception d'une brève « Season » à Londres où je me suis sentie perdue! Me voyez-vous sur le trône d'une principauté? J'y serais gauche, pas du tout à ma place et ne pourrais que vous faire honte!

Sir Horace s'était levé d'un bond.

– Camilla, je t'interdis de tenir ce genre de propos, dit-il en traversant le salon pour aller l'entourer de son bras. Tu es très belle, ma chérie. Où que tu te présentes, les hommes les plus haut placés ne pourront que t'admirer et les femmes, – que cela leur plaise ou non – te reconnaître comme une des plus belles d'entre elles. Tu seras très heureuse à Meldenstein, j'en ai la conviction. Ce n'est pas une cour soumise à une étiquette étouffante comme celle des Habsbourgs ou des Bourbons d'Espagne où l'on ne peut respirer sans obéir d'abord aux règles du sacro-saint protocole. A Meldenstein, c'est la simplicité qui règne, de la famille régnante au dernier de ses ressortissants.

– Comment pouvez-vous affirmer que je serai heureuse avec un homme que je n'ai jamais vu! Il a le double de mon âge et pourquoi ne me prendrait-il pas en grippe à la seconde même où il condescendra à me rencontrer?

Sir Horace toisa sa fille d'un regard sévère.

– C'est bien, Camilla, dit-il sèchement, je constate que je me suis trompé. Je m'étais imaginé que tu te réjouirais de ce changement, et que monter sur le trône d'un des plus beaux petits pays au monde te paraîtrait préférable à mourir de faim dans ce château en ruine.

Le vieil homme fit quelques pas à travers la pièce, revint se camper devant sa fille.

– J'avais cru également, poursuivit-il, que tu aurais été contente de permettre à ta mère d'aller se soigner à Bath et de voir notre maison restaurée pour le retour de ton frère, mais c'était une profonde erreur! (Son ton devenait de plus en plus sarcastique.) La seule chose qui compte, évidemment, c'est que tu n'aies jamais rencontré cet homme disposé à se montrer très généreux envers toi et les tiens. Je vais lui écrire sur-le-champ et l'aviser que ma fille ne saurait le considérer comme un époux acceptable parce qu'il n'accepte pas de sacrifier les devoirs de sa charge pour venir s'agenouiller aux pieds de sa promise. Laquelle, en dépit de sa beauté et de ses qualités, n'a pas reçu la moindre demande en mariage à ce jour!

Sir Horace n'avait pas élevé la voix, mais son visage était livide et sa respiration haletante. Dans un suprême effort pour garder son sang-froid, il ajouta, glacial :

– Tu voudras bien, Camilla, sonner, s'il te plaît, le nouveau laquais – dont je ne pourrai désormais assumer les gages – et le prier de m'apporter une plume et du papier. Je dois transmettre sur l'heure ton refus à Son Altesse Sérénissime le prince Hedwig de Meldenstein.

Lord Lambourn s'était tu, mais l'écho de sa voix retentissait encore dans le silence de la pièce. Son épouse réprima un sanglot et porta la main à son visage pour essuyer une larme.

L'opposition de Camilla ne dura que quelques secondes.

– C'est parfait, papa, murmura-t-elle d'une voix blanche, j'épouserai « votre » prince. Je n'ai pas d'autre alternative, que je sache?

– Tu es absolument libre de ton choix, ma chérie, répliqua son père en se versant d'une main tremblante un verre de vin dont il semblait avoir le plus urgent besoin.

– Je me rends à vos raisons, poursuivit Camilla. C'est, en effet, un grand honneur qui nous est fait, et je me dois d'en être reconnaissante. Au moins, cette maison pourra-t-elle être restaurée : il ne pleuvra plus dans nos chambres à coucher.

– Voilà qui est parler raisonnablement, lui assura l'ambassadeur en reprenant quelques couleurs. Je savais bien que tu étais une fille sensée! Mais nous devons faire vite, car von Helm est déjà reparti pour Meldenstein. Son Altesse Sérénissime doit désigner la délégation qui, dès le mois prochain, se présentera ici pour te conduire en cortège, avec ta mère et moi, jusqu'à la principauté!

– Le mois prochain! sursauta la jeune fille. Jamais je ne serai prête en si peu de temps!

– Le mariage doit avoir lieu dans les premiers jours de juin, annonça sir Horace. C'est la plus belle saison à Meldenstein. Par tradition, les mariages princiers y sont toujours célébrés à cette époque. C'est, en somme, une date porte-bonheur.

– Ainsi, dit Camilla, songeuse, le Premier ministre est donc reparti avec votre acceptation. Vous n'avez pas songé un seul instant que je pourrais refuser, n'est-ce pas, papa?

Une seconde, on put croire que sir Horace allait répondre avec dureté; il s'en garda bien, c'était un ancien diplomate...

– Mon enfant chérie, je sais très bien ce que tu ressens, assura-t-il d'une voix suave; mais quelle autre réponse pouvais-je donner? Tu connais assez notre situation financière pour me comprendre. (Il prit entre les siennes la main de son épouse.) Tu as vu ta mère se trouver dépouillée de toutes ses bagues ainsi que de ses autres bijoux, tu as vu sur la tapisserie de ces murs la marque laissée par les tableaux que nous avons dû vendre, tu as vu partir notre argenterie, nos meubles et les chevaux de nos écuries... (Il ponctua sa péroraison d'un geste large que n'eût pas désavoué M. Kean ou tout autre grand acteur londonien.) N'as-tu pas conscience de la honte que j'ai éprouvée à congédier les domestiques, les jardiniers et les fermiers de ce domaine sans pouvoir les payer, sans même régler au vieux Groves la pension qui lui était due? Et que dire d'Agnès et de Wheaton qui, par dévouement, acceptent encore de nous servir bénévolement ?

Il plaça ses mains sur les épaules de sa fille et acheva sa tirade en disant :

– Je n'ai jamais été millionnaire, Camilla, mais du moins ai-je toujours vécu en gentilhomme. Je suis, crois-le, profondément mortifié de me trouver sans le sou et de devoir par dignité cacher notre impécuniosité... ce qui échappait apparemment à ma propre fille puisque je suis obligé de lui dépeindre les affres de mon humiliation. Aussi, quand une chance s'est offerte de nous sortir de cette misère – dont je ne me sens responsable qu'à cause de ces placements irréfléchis qui m'ont entraîné, moi et tant d'autres, dans le même désastre –, j'avais toutes les raisons de la saisir au vol et je n'imaginais pas que, ce faisant, je m'attirerais les reproches de ma propre enfant.

La tendresse persuasive dont était empreint ce plaidoyer fit monter des larmes aux yeux de Camilla.

– Je vous demande pardon, papa, murmura-t-elle. L'idée de ce saut dans l'inconnu m'a effrayée un instant. Je suis prête à épouser l'homme que vous me désignerez, fût-il le diable lui-même, si cela doit vous rendre votre dignité et rétablir la santé de maman. Autant que vous, j'aime cette demeure et je souhaite la voir restaurée pour accueillir Jarvis lorsqu'il quittera la Marine royale. Je me suis montrée égoïste en parlant comme je l'ai fait. Je vous supplie de ne point m'en tenir rigueur.

Comme sa femme un peu plus tôt, sir Lambourn fut frappé par l'émotion que trahissaient les traits de sa fille dont les joues ruisselaient de larmes.

– Mon enfant chérie, dit-il d'une voix brisée en serrant Camilla dans ses bras, je ne désire qu'une chose au monde : que tu sois heureuse. Et crois-moi, tu vas l'être, je suis prêt à le jurer.

– Je suis déjà heureuse, papa, articula la jeune fille comme pour mieux s'en convaincre par la répétition. Cette nouvelle m'a surprise et m'a causé un choc. Mais je commence à trouver cette idée judicieuse. Pour commencer, je souhaite que, toute affaire cessante, vous donniez leurs gages à Agnès et à Wheaton en les comblant au-delà de leurs espérances.

– Je vais m'en acquitter tout de suite, assura sir Horace, et je demanderai à Agnès de nous cuire l'épaule de mouton pour le dîner. Toutes ces émotions, j'en suis sûr, nous auront creusé l'estomac.

Il quitta la pièce non sans avoir déposé un tendre baiser sur la joue baignée de larmes de sa fille. D'un air vague, celle-ci regarda un instant la porte que le lord avait refermée derrière lui. Puis elle s'approcha de la chaise longue de sa mère et, s'agenouillant, posa sa tête dans le giron maternel.

– Je suis désolée, maman, de vous avoir fait de la peine...

– Ma chérie, je comprends exactement ce que tu ressens. Il n'y a pas une femme au monde qui n'ait aspiré à rencontrer l'homme de ses rêves et à ce qu'un grand amour illumine leurs deux vies.

La vieille dame se mit à caresser les jolies boucles soyeuses épandues sur sa poitrine.

– Dis-moi, ma chérie, demanda-t-elle au bout d'un moment, tu n'avais pas déjà donné ton cœur à quelqu'un, n'est-ce pas?

Il y avait de l'anxiété dans la voix de sa mère et Camilla n'eut qu'une très courte hésitation avant de répondre d'un ton net :

– Mais non, maman, bien sûr que non.

2

Les bougies achevaient de se consumer dans les lustres de cristal lorsqu'un dandy d'une élégance extrême, l'air maussade et quelque peu cynique dans le carcan de soie de son hausse-col, gravit les marches de l'escalier de marbre. Le brouhaha des invités qui se pressaient dans les salons lui évoquait irrésistiblement les caquetages d'une volière de jardin zoologique.

Pas plus impressionné par les bijoux des femmes que par les décorations sur les poitrines masculines, le jeune gentleman parcourut les pièces de réception d'un pas lent, échangeant de brefs saluts à droite et à gauche, puis se dirigea vers la maîtresse de maison. Très entourée, surtout par des hommes, celle-ci tenait sous le charme son auditoire avec des propos qui devaient être drôles car ceux qui formaient sa cour ne cessaient de s'esclaffer et de pousser des exclamations flatteuses.

Lady Jersey connaissait à merveille les roueries féminines qui charment et tournent la tête des hommes. Délicate et menue comme un oiseau des îles, elle avait longtemps retenu l'attention – et les attentions – du tout-puissant prince de Galles, régent d'Angleterre depuis que son père, George III, avait sombré dans un état de démence sénile.

Lady Jersey avait poursuivi le prince avec une obstination qui avait amusé ce viveur plus habitué à séduire qu'à se laisser séduire. Quand leur liaison officielle avait pris fin, l'éblouissante enchanteresse rivalisait toujours en beauté avec ses filles et possédait sur elles l'atout supplémentaire d'une plus grande expérience. Elle avait encore fait de nombreuses conquêtes.

Bien que sa place de favorite en titre fût maintenant détenue par la comtesse de Hertford, lady Jersey était restée une des hôtesses les plus recherchées de la haute société de Londres. S'en faire une ennemie, ou même lui montrer de l'indifférence équivalait à un suicide social.

Et c'est avec une expression dont il avait gommé la maussaderie que notre jeune gentilhomme s'inclina devant elle pour lui baiser la main.

– Hugo Chevelry! s'exclama-t-elle, vous méritez d'être tancé! Est-ce une heure pour vous présenter chez moi?

– Que Votre Grâce veuille bien m'excuser, j'ai été retardé.

– A une table de jeu, je présume! lança-t-elle, incisive. Penser que vous avez jugé plus intéressant de perdre vos rares guinées autour d'un tapis vert que de venir ici me mortifie!

– Vous vous trompez, milady, répondit le retardataire. J'arrive de la campagne à bride abattue et si mon cheval n'avait pas perdu l'un de ses fers, je serais auprès de vous depuis longtemps. Je requiers votre indulgence.

La dame lui jeta un regard mais par un de ses rapides changements d'humeur qui amusaient ses admirateurs, elle se contenta de taper du bout de son éventail le coude de son invité en lui murmurant :

– Bien sûr, je vous pardonne, Hugo! Quelle femme pourrait résister à votre charme nonchalant? Pour notre pauvre sexe sans défense c'est une vraie provocation!

Elle lui sourit avec coquetterie : les attitudes directes et audacieuses stimulaient toujours son sens de l'humour. Tandis qu'il se penchait pour lui baiser de nouveau la main, elle lui murmura d'une voix presque tendre :

– Puisque vous voilà enfin, allez faire battre un peu tous les cœurs impatients qui se languissent à vous attendre. Je vois déjà plus d'un regard énamouré...

– C'est avec vous que j'ai envie de bavarder, dit-il à mi-voix, mais, si vous le permettez, pas au milieu de cette foule. Si je reviens demain, aurai-je la chance de vous trouver seule?

Lady Jersey partit d'un grand éclat de rire.

– Suis-je jamais seule, mon cher? Enfin, passez toujours vers l'heure du thé, nous verrons ce que nous pourrons faire.

Tandis que le jeune homme s'éloignait avec un clin d'œil complice, un des invités ne put s'empêcher de demander :

– Qui est-ce? Je ne me souviens pas d'avoir rencontré ce dandy.

– Rien d'étonnant, répondit la maîtresse de maison. Le capitaine Hugo Chevelry faisait partie de notre armée d'occupation en Espagne. Il vient juste de revenir à Londres.

– Chevelry? réfléchit le gentleman. N'est-ce point là le nom patronymique des Alveston?

– Exactement. Hugo est proche parent du duc actuel, expliqua lady Jersey, mais un parent pauvre, hélas! et ses chances d'accéder au titre sont nulles puisque son cousin a déjà deux fils et pourrait fort bien en procréer encore cinq ou six!

– Je n'ai guère de sympathie pour ce duc d'Alveston, déclara un militaire en grand uniforme. N'a-t-il pas eu l'outrecuidance, un jour, de nous expliquer comment il fallait conduire la guerre? Je ne puis supporter ces stratèges de salon!

– Pour nous autres femmes, il y a bien pire, mon cher, dit lady Jersey d'un ton espiègle : les stratèges de boudoirs sont tout aussi assommants!

Avant de pénétrer dans le salon voisin, Chevelry avait entendu cette repartie et l'éclat de rire qui l'avait saluée. Il constatait non sans agacement que Londres n'avait guère changé depuis cinq ans : mêmes visages, mêmes voix affectées proférant les mêmes balivernes, même futilité, et jusqu'aux mêmes scandales que l'on se répétait de bouche à oreille.

Les propos qu'il entendait au passage ne faisaient mention que des dettes du régent, des larmes de lady Fitzherbert, de la folie du roi, de la cupidité de la nouvelle favorite... Rien d'autre ne meublerait-il jamais ces têtes folles?

Hugo Chevelry se sentait saisi de haine envers cette société dont la frivolité contrastait à tel point avec les horreurs de la guerre. Les caquetages mondains s'estompèrent soudain pour faire place au canon de la bataille de Fuentes que le jeune homme entendait encore tonner; cette bataille qui avait failli se solder par une victoire des Français conduits par le général Montbrun avant que la splendide charge des cavaliers de Wellington rétablisse la suprématie de l'Angleterre.

En se remémorant les morts et les blessés de cette bataille, les survivants maculés de sang et noirs de poudre repartant le lendemain pour leur marche victorieuse, les pieds couverts d'ampoules dans les bottes éculées mais la chanson à la bouche et le courage au cœur, Hugo se demandait comment Londres avait accueilli la victoire.

Un instant, il fut tenté de raconter à ces écervelés les agonies dont il avait été le témoin, les cavaliers écrasés sous leurs chevaux abattus, les corps à corps avec les soldats ennemis, tout aussi vaillants, eux aussi! Mais l'eût-on seulement écouté?

Dans les salons, la foule qui allait et venait au milieu des centaines de candélabres allumés surchauffait l'air. Le jeune homme s'approcha d'une porte-fenêtre entrouverte sur une terrasse et prit plaisir à respirer un peu d'air frais. La soirée était tiède. Dans les jardins de l'hôtel particulier, des couples d'invités flânaient parmi les parterres et les fontaines et certains s'éloignaient vers des recoins plus sombres, dans les bosquets propices aux tendres enlacements.

Hugo ne put retenir un bâillement. Il ne se sentait pas attiré par une promenade sentimentale quelle qu'elle fût et il n'avait pas plus envie de s'immiscer dans les conversations des invités. Il songeait à la meilleure façon de s'éclipser discrètement lorsqu'il entendit une voix murmurer dans son dos :

– Vous vous ennuyez donc à ce point?

Se retournant, le jeune homme découvrit une jeune femme. Plus que par sa grâce indéniable, il fut frappé par l'éclat des diamants qu'elle portait. Du diadème qui encerclait sa chevelure d'ébène jusqu'au collier à trois rangs, aux bracelets et aux bagues, sans oublier d'admirables boucles d'oreilles en forme de poire, l'apparition étincelait de mille feux qui faisaient ressortir la beauté de sa peau nacrée. Une peau dont Hugo Chevelry, en posant un baiser sur le poignet qu'on lui tendait, retrouva la douceur soyeuse et la senteur de gardénia.

– Je ne m'attendais pas à vous rencontrer ici, dit-elle d'une voix chaude à l'accent slave prononcé qui donnait à ces mots conventionnels un prolongement passionné.

Hugo libéra la main qui tenta de se raccrocher à la sienne et répliqua d'un ton sec :

– Moi, je pensais que vous seriez partie avant que je n'arrive.

– Ainsi, vous m'évitez? Je l'ai deviné, figurez-vous. Est-ce pour cela que vous n'êtes pas revenu à Londres pendant si longtemps?

– Anastasia, dit Chevelry sans se départir de sa froideur, je trouve cette conversation fastidieuse. Cinq ans se sont écoulés depuis notre dernière rencontre. Nous n'avons plus rien à nous dire.

– Vous vous trompez, mon cher, répliqua la jeune femme avec un rire plus amer que gai. Moi, j'ai beaucoup de choses à vous confier mais cet endroit ne s'y prête guère. Accompagnez-moi chez moi, j'allais m'en aller et j'ai déjà pris congé de notre hôtesse.

– Non!

Le refus claqua comme une injure. Le jeune capitaine avait détourné la tête et son profil de médaille se détachait sur l'obscurité profonde des jardins.

– Hugo, il faut que je vous parle. Il le faut absolument! Vous ne pouvez me refuser cela. Qu'y gagneriez-vous, d'ailleurs? Nous gravitons tous les deux dans le même monde. Nous sommes appelés à nous rencontrer constamment. Mieux vaut avoir cette explication...

– J'ai dit non!

Ce refus catégorique ne désarma pas l'impérieuse beauté slave.

– Je vous en prie, Hugo, insista-t-elle en essayant de s'emparer de son bras pour l'attirer vers elle.

Elle prononçait ce prénom à la russe en s'attardant sur la première syllabe, avec une inflexion que Chevelry connaissait d'autant mieux qu'il y avait rarement résisté.

– C'est impossible, Anastasia, tout est fini entre nous, trancha-t-il. On ne saurait retourner le sablier du temps.

– Je vous demande seulement un entretien de cinq minutes. Vous ne pouvez pas me refuser cinq petites minutes de votre vie, Hugo...

La main satinée s'était glissée le long de son bras et le jeune homme sentit les doigts chargés de bagues rejoindre les siens en une pression qui se voulait chaude, caressante. Ah! comme il le reconnaissait aussi, ce geste d'une femme qui savait si bien broyer les cœurs!

Il allait la repousser avec colère lorsque leurs yeux se rencontrèrent. L'envie lui vint de relever le défi qu'il lisait dans le regard d'Anastasia.

– Après tout, pourquoi pas? acquiesça-t-il avec un sourire sarcastique. La guerre m'aura au moins appris à ne pas me montrer lâche en face de l'ennemi. C'est entendu, je vous raccompagnerai chez vous.

– Vous me voyez écrasée par tant de galanterie! répliqua-t-elle avec un sourire ironique.

Ensemble, ils retraversèrent les salons qui commençaient à se vider, puis descendirent le grand escalier au pied duquel des valets s'empressaient d'alerter les cochers en aboyant les noms de leurs maîtres.

– Votre équipage, milady? s'enquit l'un d'eux.

– Oui, la voiture de la comtesse de Wiltshire! répondit Hugo.

Tandis qu'ils attendaient, il garda le silence, immobile auprès de sa compagne qui échangeait des « au revoir » et des saluts de la main avec les autres invités sur le point de partir.

Après deux ou trois appels répercutés par les stentors de service, le carrosse de la comtesse s'avança, véritable écrin d'or et de satin aux armoiries gravées sur la portière, avec deux cochers sur le siège avant et un couple de laquais à l'arrière, le tout tiré par une paire de chevaux superbement harnachés. Dès qu'il fut arrêté, des valets se précipitèrent pour ouvrir la portière, libérer le marchepied, présenter la couverture de chinchilla. Tandis qu'on plaçait la fourrure sur leurs genoux, Hugo ne put s'empêcher de penser que cette babiole à elle seule devait coûter plus cher que toute sa solde d'une année.

– Vous avez toujours apprécié le luxe et le confort, fit-il observer à sa compagne tandis que la voiture commençait à rouler.

– En effet, répondit-elle sans faire semblant d'ignorer l'allusion sous-jacente. Vous savez bien que je n'aurais jamais pu m'en passer.

– Oui, et je me souviens du temps où ce genre de discussion revenait si souvent entre nous! conclut-il.

Elle évita de lui répondre. Dans la pénombre à peine entrecoupée par les lumières des réverbères et des fenêtres encore éclairées, ses yeux noirs étaient fixés sur lui.

– Tout ceci est de la pure démence! s'exclama-t-il en continuant à regarder la rue par la portière.

– J'ai tant attendu votre retour, Hugo! Des nuits et des jours entiers, j'ai langui loin de vous...

Pour toute réponse, il eut un haussement d'épaules.

L'équipage s'était arrêté devant une somptueuse demeure de Berkeley Square. Tandis que les laquais approchaient, Hugo reprit sur un ton glacial :

– Eh bien, à présent que vous m'avez revu, il ne nous reste plus qu'à nous dire adieu, Anastasia.

– Non, Hugo, nous n'allons pas nous quitter ainsi, il faut absolument que je vous parle. Entrez un instant, il n'y a personne à la maison, mon mari est en voyage.

– Raison de plus pour vous comporter de manière respectable! ironisa le jeune homme.

– Entrez, vous dis-je, vous n'allez pas m'obliger à vous faire une scène en présence de mes domestiques. Ce serait de mauvais goût, ne croyez-vous pas?

La portière venait de s'ouvrir, la comtesse descendit et Chevelry se trouva obligé de la suivre. Une fois sur le pavé, il hésita une nouvelle fois avant de se décider à entrer, étonné – et peut-être rassuré – qu'à cette heure tardive la domesticité fût encore sur pied.

– Y a-t-il du champagne dans le petit salon? s'enquit la comtesse.

– Oui, milady, avec des sandwiches.

– C'est bien. Si j'ai besoin d'autre chose, je sonnerai.

Débarrassés de leurs manteaux, tous deux pénétrèrent par une porte en acajou dans un boudoir exquis. Dans des vases, des brassées de lys dégageaient un parfum capiteux. Le satin corail dont les murs étaient tendus faisait ressortir la chevelure brune d'Anastasia et sa peau blanche. La jeune femme s'était placée dos à la cheminée et, l'œil brillant, elle couvait du regard son visiteur comme pour se rassasier à nouveau de sa mâle beauté.

– Hugo! souffla-t-elle au bout d'un moment en lui ouvrant ses bras d'une blancheur éclatante.

Il s'approcha, évitant toutefois de répondre à cette tendre invite.

– Ecoutez-moi, Anastasia, vous avez fait une fois pour toutes votre choix, dit-il en désignant du regard les bijoux dont les bras de la jeune femme étaient parés.

– Et alors? demanda-t-elle, les lèvres entrouvertes, le visage défiguré par une expression sauvage.

– Alors... vous êtes une femme mariée, souligna-t-il comme s'il parlait à un enfant. Une femme qui a choisi la richesse de préférence à l'amour. Ce choix, vous l'avez fait délibérément et, à présent que j'ai eu le temps de réfléchir à la question, je me rends compte à quel point vous vous êtes montrée sensée. Je n'aurais jamais pu vous offrir aucune de ces merveilles si seyantes à votre beauté ni vous pourvoir de ce ballet de serviteurs qui papillonnent autour de vous. Vous n'auriez rien eu de tout cela, rien qui s'en approche, même de loin!

D'un geste circulaire, il désignait les objets d'art posés sur les guéridons, les tableaux, l'environnement luxueux du boudoir, des lambris dorés du plafond jusqu'au précieux tapis d'Aubusson.

– Qu'importe tout cela puisque vous m'aimez encore! lança-t-elle dans un murmure à la fois triomphant et tentateur.

Résolument, Chevelry lui tourna le dos, marcha jusqu'à une table décorée de fine marqueterie et se versa du champagne dans un verre de cristal.

– Vous m'aimez! répéta-t-elle, frénétique. Je le sais, je le sens! Une femme ne se trompe jamais pour ce genre de choses.

– Non, je ne vous aime pas, Anastasia, dit-il avec le plus grand calme. Je vous déteste et vous méprise pour votre manière d'agir à mon égard. Vous m'aviez ensorcelé, votre image m'a hanté, me rendant malheureux au-delà de toute mesure. Mais, Dieu merci, je ne suis plus sous votre coupe! J'ai craint un instant, quand nous nous sommes revus, de retomber sous votre emprise et de connaître de nouvelles souffrances. Mais mes anciennes blessures sont encore trop récentes et j'ai pu constater que je n'avais plus rien à redouter de vous. Certes, vous êtes toujours aussi belle, plus belle même, car ce luxe dont votre mari vous entoure vous sied à merveille. Mais vous n'êtes pour moi qu'un bel objet de plus dans un cadre d'une exceptionnelle valeur!

– Pourtant, Hugo, vous m'aviez juré un amour éternel! murmura-t-elle, tentant de toucher en lui une corde sensible.

– Mais cela n'était pas suffisant pour vous, ma chère, dit-il avec un sourire d'amertume qu'elle ne lui avait jamais connu.

Il but son champagne et remplit à nouveau son verre avant de poursuivre. Sa voix prouvait qu'il avait complètement repris le contrôle de lui-même :

– Vous voyez bien, Anastasia, que nous n'avons plus rien à nous dire. Le passé est mort, l'avenir sans issue en ce qui nous concerne; quant au présent, permettez-moi de vous complimenter pour ce splendide diadème qui sied si bien à votre tête, ainsi que pour tout ce qui vous entoure. Et nous nous en tiendrons là!

– Hugo... ne me forcez pas à vous haïr!

D'un geste brusque, la jeune femme retira son diadème, le jeta négligemment sur le sofa et s'avança vers l'homme qui la repoussait. Dépouillée de son auréole de diamants, lady Anastasia, comtesse de Wiltshire, paraissait plus jeune et en même temps plus séduisante car l'attention se concentrait ainsi sur son regard de feu et ses lèvres vermeilles.

– Vous avez raison, Hugo, déclara-t-elle de sa voix mélodieuse, ce n'est ni du passé ni de l'avenir que nous devons parler, vous et moi. Mais du présent qui nous réunit à nouveau. Ne le niez pas, que vous m'aimiez encore ou non, un lien très fort existe entre nous. Malgré tous vos efforts, vous ne parviendrez pas à le rompre...

– Même si je l'admettais, pourquoi y céderais-je? Vous n'avez pas changé, Anastasia, vous convoitez toujours ce qui vous paraît le plus difficile à atteindre. Après avoir acquis fortune, puissance et position sociale, il ne vous reste plus que moi à désirer. Malheureusement, c'est trop tard, ma chère. Je ne suis plus cet esclave qui accourait au seul claquement de vos doigts, et s'agenouillait humblement à vos pieds pour obtenir des faveurs que, selon votre bon plaisir, vous vous plaisiez à m'accorder ou à me refuser. Désormais, je suis un homme libre, Anastasia, et le comble, c'est que je viens seulement, à l'instant même, de le comprendre.

– En êtes-vous si sûr?

Elle semblait plus intriguée que contrariée par ce qu'il venait de lui dire. Il comprit que, depuis très longtemps, aucun homme n'avait osé dire ses quatre vérités à cette créature sensuelle, habituée à être idolâtrée.

– Hugo, dit-elle en avançant plus près de lui, supposez que vous me serriez de nouveau dans vos bras et m'embrassiez comme vous saviez si bien le faire, avec autant de fougue, de passion et même de brutalité, croyez-vous que vous garderiez cette orgueilleuse indifférence? Votre voix en témoigne mais je ne suis pas certaine de la retrouver dans vos yeux!

Le jeune capitaine posa sa coupe de champagne.

– Ecoutez-moi bien, Anastasia. Je ne suis pas un ami de votre mari, en fait je le connais à peine. Par conséquent, je ne me sens pas obligé de respecter son honneur. Mais il se trouve, figurez-vous, – et c'est sans doute stupide – que j'ai toujours eu scrupule à étreindre une femme sous le toit et dans le propre lit de son époux. Voilà pourquoi, en m'excusant de vous paraître discourtois, je vais prendre congé de vous. Avant que nous ne nous abandonnions, vous et moi, à des... épanchements que nous regretterions certainement.

– Non, Hugo, nous ne regretterions rien, plaida-t-elle, pressante. Et pour ce qui est de l'honneur du comte, sachez que depuis longtemps il n'est plus mon mari que de nom!

Elle avait cessé d'avancer mais, frappé par cette attaque inattendue, Chevelry recula d'un pas.

– Que diable entendez-vous par là?

– Je vous rappelle seulement, et vous le savez fort bien, que j'ai épousé un homme de trente ans mon aîné. Certes, il est fier de parader à mon bras et me comble de tout ce que je peux désirer mais en tant que femme, je ne l'intéresse plus guère. Je pense que s'il avait à choisir entre moi et son écurie de courses, par exemple, ce n'est pas forcément pour moi qu'il opterait.

– Tout cela ne me concerne en rien, trancha Hugo.

La sirène égrena les perles de son rire.

– Que vous arrive-t-il, mon cher? ironisa-t-elle. Je ne me souvenais pas de vous sous des dehors aussi conventionnels! Que penseraient vos belles amies, les lady Jersey et les autres, si elles avaient la révélation que vous êtes devenu un... chanteur de psaumes! Où donc a disparu ce Lovelace auquel pas une femme ne résistait et dont on colportait les bonnes fortunes de boudoir en boudoir? Auriez-vous changé au point de fuir maintenant devant elles, penaud et un peu lâche?

– Non, Anastasia, vous ne parviendrez pas à me piquer au vif. Je ne redeviendrai pas votre singe apprivoisé, s'écria le dandy vexé par ce persiflage. Bonne nuit, ma chère, et allez au diable! Dieu merci, ce monde ne manque pas d'autres femmes. Adieu!

D'un pas rapide, il se dirigeait vers la porte lorsqu'un bruit grinçant de mécanique le fit se retourner. La comtesse se tenait à l'autre bout de la pièce, près de la cheminée, contre laquelle un panneau formant bibliothèque s'ouvrait avec lenteur sur les premières marches d'un escalier dérobé.

– Ce passage secret, cher Hugo, conduit à ma chambre, dit-elle d'une voix douce. Il existait dans cette maison quand j'y suis arrivée mais convenez que c'est bien commode...

– Commode? Dois-je comprendre que...?

Il était revenu vers elle, quêtant une explication. Mais il n'obtint qu'un geste vague de la main...

– J'ai épousé un vieux mari, murmura-t-elle enfin, cynique. Et moi, je suis encore jeune, très jeune. Vous ne pensiez tout de même pas, cher, cher Hugo, qu'après la fin de notre idylle j'allais vivre comme une vestale pour le restant de mes jours?

– Non, ma belle, je ne me faisais aucune illusion sur votre vertu! rétorqua-t-il sur le même ton. Je savais parfaitement que vous ne vous comporteriez en femme convenable que sous la poigne d'un mari capable, à l'occasion, de vous donner le fouet comme vous le méritez!

– Voyons, Hugo... Quel homme aurait l'audace de faire cela... sinon vous?...

– A quel genre de larves vous êtes-vous donnée? demanda-t-il, féroce, en étreignant avec véhémence les épaules nues de la jeune femme. J'ai de plus en plus envie d'étrangler la vile créature que vous êtes!

Adroitement, elle s'était arrangée pour faire glisser les mains de Hugo de ses épaules à sa taille et se pressait contre sa poitrine... Avant même qu'il eût compris sa manœuvre, ils se trouvaient dans les bras l'un de l'autre...

– Oh! Hugo, Hugo... C'est lorsque tu es méchant et jaloux que je t'aime le mieux, lui glissa-t-elle dans l'oreille, dans un souffle à peine perceptible. Punis-moi! Fais-moi mal! Bats-moi! Mais serre-moi dans tes bras et couvre-moi de baisers... J'ai soif de toi! De tes étreintes comme je n'en ai jamais connu d'autres!

Il émit un cri rauque qui traduisait à la fois sa rage et son désir... Et puis ses lèvres rejoignirent celles d'Anastasia et en prirent possession avec une passion sauvage, tandis que ses mains marquaient de meurtrissures la peau de l'ensorceleuse... Enfin, avec une infinie douceur, elle se détacha de lui, le tira par la main et l'entraîna vers l'escalier dérobé qui menait à sa chambre.

3

De sa fenêtre, Camilla contemplait le jardin. Le blanc et le mauve des lilas en fleur se mêlaient au rose des cerisiers en plein épanouissement et les seringas embaumaient les parterres de leur parfum pénétrant.

La jeune fille se disait qu'elle n'emplirait jamais assez ses yeux et son cœur de ce domaine qu'elle aimait tant. Demain, elle devait abandonner tout ce qui avait le plus compté durant les dix-huit années de sa vie. Elle songea que ce départ ressemblait à une désertion. Quelle tristesse de dire adieu à tout cela!

Pendant les semaines qui venaient de s'écouler, Camilla avait fait de son mieux pour cacher à ses parents sa mélancolie. Tous deux avaient été très occupés par les courses qu'ils avaient dû faire à Londres pour le trousseau de leur fille. Celle-ci, stupéfiée par la fortune dépensée en toilettes destinées à sa modeste personne, pensait qu'il ne lui serait jamais possible de porter tant de robes, de manteaux, de chapeaux, de lingeries, de souliers et de gants!

A présent, les toilettes d'apparat que son entourage avait estimées nécessaires à sa future situation étaient entassées dans les huit énormes malles de cuir qui la suivraient, le lendemain, dans son voyage vers la principauté.

Je déteste tous ces falbalas, se dit-elle. Ah! comme je préfère à tout cela mes vieilles jupes de percaline!

Mais aussitôt Camilla s'en voulut de son ingratitude. Bien des jeunes filles de son âge auraient été transportées de joie à l'idée de posséder ce trousseau mirifique, de revêtir bientôt la robe de satin blanc avec son immense traîne rebrodée d'argent, le manteau de cour brodé d'hermine et ce magnifique voile en dentelle de Malines qui retiendrait un diadème en diamants et rubis!

Ce diadème devait être envoyé de Meldenstein, avait annoncé l'impressionnante baronne Von Furstendruck. En sa qualité de dame d'honneur, elle avait mission d'escorter et de chaperonner Camilla durant le voyage et les cérémonies prévues pour l'arrivée.

La baronne avait passé la cinquantaine. Elle n'intimida bientôt plus Camilla qui avait vite pris la mesure du caractère borné et de surcroît exagérément bavard de la vieille aristocrate. Laquelle ne cessait d'encenser la jeune fille en lui donnant par avance de l'Altesse Sérénissime pour, ainsi qu'elle le répétait, « bien en prendre l'habitude ».

– Notre prince et notre peuple tout entier vont vous adorer et admirer votre beauté! lançait-elle à tous les échos.

Ces promesses réconfortaient un peu Camilla qui venait d'éprouver une cruelle déception: ses parents ne pouvaient se déplacer pour l'accompagner.

Lady Lambourn était gravement malade. Appelés en consultation, les médecins les plus éminents de la capitale avaient émis un diagnostic assez alarmant. Le mauvais état des jambes de la pauvre femme n'était pas seul en cause, celui de son cœur donnait aussi des inquiétudes et lord Lambourn devait la conduire à Londres au plus tôt pour des examens urgents.

– Oh! papa! s'était écriée Camilla en apprenant la nouvelle, je ne peux pas partir dans ces conditions, je veux vous accompagner tous les deux!...

– Ma chérie, ce n'est pas possible. Ta proposition causerait un véritable choc à ta mère et ne pourrait qu'aggraver son état de santé. Il est hors de question de reculer la date de ton mariage. Les drapeaux doivent déjà flotter dans le ciel de Meldenstein pour annoncer ton arrivée. On ne saurait infliger une telle déception au prince.

– Mais papa, comment pourrai-je participer aux fêtes et aux cérémonies dans l'inquiétude mortelle où je serai?

Les traits de l'ancien ambassadeur s'étaient durcis.

– Tu apprendras, ma fille, que dans l'existence des personnes de notre rang, le devoir doit passer avant toute autre considération. De même qu'un grand acteur met son point d'honneur à entrer en scène à l'heure dite, fût-il frappé par le malheur, ceux qui sont investis d'une dignité officielle ne peuvent se dérober à leur tâche. Et tu en fais partie, maintenant.

– Ce sera si dur pour moi, avait expliqué la jeune

fille en larmes, lorsque je songerai aux souffrances de maman!...

– Elle souffrirait plus encore, mon enfant, si elle apprenait que tu manques à cause d'elle à l'engagement solennel que tu as pris. Ton futur mari t'attend, Camilla. Tu partiras demain pour Meldenstein, comme prévu.

Cette conversation avait eu lieu quelques heures plus tôt. Sir Horace entra dans la chambre de sa fille et interrompit sa contemplation pour lui communiquer ses dernières instructions avant le départ.

– Ma petite fille, dit-il avec tendresse, il faut te mettre en tête qu'une nouvelle vie t'attend. Je suis sûr que ton comportement futur nous rendra, ta mère et moi, fiers de toi. J'ai rédigé un petit mémoire à ton intention. Le voici. Tu y trouveras un résumé des coutumes en usage à Meldenstein, des détails sur le protocole du palais et la liste des personnages les plus en vue, ceux dont tu devras ménager les susceptibilités. Tu liras ce mémoire à tête reposée. J'espère que tu sauras nous faire honneur en toute occasion.

– J'essaierai, papa, murmura la future princesse avec émotion.

– Ton rôle officiel commence ce soir puisque nous recevons tout à l'heure à dîner, outre la baronne von Furstendruck, l'autre délégué officiel qui nous est envoyé pour diriger ton escorte.

– Quel autre délégué, papa? s'étonna Camilla.

– Je t'en ai déjà parlé voici deux jours, répliqua le lord non sans irritation. J'ai eu l'impression que tu m'écoutais d'une oreille distraite lorsque je t'ai lu la lettre que m'adressait Son Altesse Sérénissime la princesse mère. Je vois que je ne m'étais pas trompé.

– Pardonnez-moi, papa, je ne me souviens pas, en effet...

– Je t'annonçais que la princesse Elaine avait, en plus de sa chère baronne, désigné un chevalier d'honneur pour t'accompagner. Par une délicate attention, elle a choisi un gentilhomme anglais, son propre neveu, le capitaine Hugo Chevelry. C'est lui que nous attendons ce soir.

– Je vois, dit Camilla avec indifférence en se dirigeant vers sa coiffeuse pour mettre un peu d'ordre dans sa coiffure.

– Tu ne sembles guère t'intéresser à ce gentleman. Ce sera pourtant ton compagnon de voyage pendant une longue semaine, fit observer son père en fronçant le sourcil.

– Excusez-moi, papa, et dites-moi ce que je dois savoir de lui, répondit-elle, docile.

– Son père, lord Edward Chevelry, était un de mes bons amis, le plus jeune fils du cinquième duc d'Alveston. Un homme charmant, ainsi que sa femme. Tous deux sont morts quelques années avant la guerre.

Sir Horace marqua une pause et, remarquant que sa fille lui prêtait attention, il poursuivit :

– Ce jeune capitaine que nous allons recevoir s'est, paraît-il, très bien conduit en Espagne et il a été décoré après Waterloo. Je ne l'ai jamais rencontré mais, à part son impécuniosité, on m'en a dit le plus grand bien.

– Je le traiterai avec d'autant plus d'égards, mon père.

– J'y compte. A propos d'impécuniosité, Camilla, comme tu as pu le constater, j'ai profité des fonds que von Helm avait mis à ma disposition pour redonner aux choses et aux gens, ici, l'aspect qu'ils n'auraient jamais dû perdre. Certes, c'est un grand honneur que nous fait le prince en te choisissant pour épouse, mais notre sang est aussi noble que le sien, tu sais, et je n'ai pas voulu que ses envoyés aient l'impression que notre famille vit dans le dénuement.

– En effet, ce que vous avez réussi à réaliser en si peu de temps, papa, tient vraiment du prodige : la réparation des dégâts les plus apparents, la remise en état des jardins, le rachat de meubles, de tapis, de vaisselle...

– Oui, les ouvriers ont fait du bon travail, constata l'ambassadeur avec satisfaction. Tous ont été payés en partie et sont prêts, quant au reste, à me faire crédit quelques mois.

– Je vous promets, sitôt mariée, de vous faire parvenir toutes les sommes dont je pourrai disposer. Personnellement, je n'aurai besoin de rien à Meldenstein et...

– Tu es la plus adorable des filles! s'exclama son père en l'embrassant avec transport. J'espère pourtant bien n'avoir recours à ton aide que pour un court laps de temps. Si j'en crois la rumeur, ceux qui, comme moi, avaient investi des fonds dans les banques de l'Empire français devraient recevoir une compensation du gouvernement. S'il en est ainsi, je serai le plus heureux des hommes!

– Oh! papa, rien ne me réjouira plus que de vous savoir riche à nouveau!

– Riche, riche, nous verrons bien! En attendant,

mon enfant, prépare-toi à recevoir nos convives. De mon côté je vais m'occuper des vins... Mais j'entends un bruit de voiture! (Le lord fit un pas vers la fenêtre et tira sa montre de son gousset.) C'est notre baronne, elle est juste à l'heure. « L'exactitude est la politesse des rois », dit-on, et aussi celle des gens qui gravitent autour d'eux. Viens, descendons, Camilla. Que diable peut faire notre autre invité d'honneur? Il devrait être là, lui aussi...

A cette minute précise, Hugo Chevelry fouettait les chevaux de son phaéton et se sentait de fort méchante humeur. Il détestait plus que tout avoir à maltraiter ses bêtes, surtout lorsqu'elles n'étaient responsables en rien de son retard. Le coupable n'était autre que lui-même.

Dieu sait pourtant qu'il n'avait pas été dans son intention de s'attarder auprès d'Anastasia! Mais une fois de plus, la jeune femme l'avait ensorcelé comme elle en avait l'habitude et il avait eu la faiblesse de ne pas résister.

– Pourquoi faut-il que vous partiez? avait-elle maugréé. Nous avons été si heureux ensemble au cours de ces dernières semaines... Et maintenant, avec ce voyage intempestif, quand nous reverrons-nous?

– Il m'est impossible de refuser l'honneur qu'on me fait, honneur qui se double pour moi d'un appréciable profit. Je dois cette mission à la princesse mère, ma parente, qui, depuis la mort de ma mère, m'a gratifié de ses attentions. En conséquence, je n'aurais pu décliner cette mission... même si j'en avais eu envie!

– Vous voulez dire que vous vous réjouissez de

faire ce voyage assommant et que vous le préférez à ma présence auprès de vous?

– C'est bien ce que je veux dire, en effet.

– Méchant! minauda la comtesse. Moi qui vais à nouveau me languir de vous. Promettez-moi, au moins, de revenir vite...

– Je pourrais bien ne pas revenir du tout, trancha Hugo.

– Ne dites pas cela, je vous l'interdis! s'écria Anastasia en se blottissant contre lui. Vous me traitez toujours de sorcière, eh bien, s'il le faut je vous jetterai un sort pour vous ramener à moi...

Il ne put s'empêcher de rire et elle en profita pour se rapprocher encore, l'œil mi-clos, les lèvres offertes.

– Rengainez vos tentatives de séduction, ma belle. Je dois vous quitter sur l'heure si je ne veux pas être en retard.

– Et si je vous retenais de force? L'idée que vous allez vivre dans l'intimité de cette jeune personne, sûrement jolie, pendant huit jours au moins, ne me plaît guère...

– Votre jalousie est hors de propos, ma chère, rétorqua le capitaine. Lady Camilla Lambourn est destinée au prince de Meldenstein, et non à moi.

La belle Slave poussa un profond soupir.

– Elle a de la chance, il est richissime...

A la seconde précise où elle prononçait ces mots, Anastasia se rendit compte qu'elle venait de commettre une bévue. Elle sentit chez son amant un haut-le-corps. Il se dégagea brusquement de ses bras et sortit de son lit.

– Voilà l'unique pensée des femmes! lança-t-il, glacial.

– Mais non, Hugo, ce n'est pas ce que je voulais dire! se reprit-elle. Vous allez encore prendre la mouche... Vous savez pourtant que depuis la disgrâce de M. Brummel, vous êtes devenu la coqueluche de toutes les femmes de Londres...

– Vous oubliez que je suis pauvre, grommela le dandy entre ses dents, en commençant à se vêtir avec la dextérité d'un homme habitué à se passer des services d'un valet.

– Quelle importance? D'autres sont là pour fournir aux femmes ce qui leur est nécessaire. Vous, vous leur apportez le plus important : l'amour, le rêve...

– Mais c'est à ces autres, si elles étaient loyales, qu'elles devraient réserver leur allégeance et leur fidélité, lança-t-il, cinglant.

– Oh! que vous êtes conventionnel! soupira Anastasia.

Elle tapota ses oreillers, s'étendit sur le lit, en laissant s'épanouir autour d'elle sa splendide chevelure d'ébène.

– Vous me tenez toujours des propos pleins d'amertume, mais je suis sûre qu'au fond de vous-même vous m'aimez un peu...

– Mes propos, que vous trouvez amers, ne sont pas comparables à ceux que pourrait prononcer mon cœur s'il pouvait parler, ma chère, mais il est préférable que vous ne les entendiez pas. Tant que votre beauté survivra, vous resterez la sorcière capable d'entortiller les hommes, mais ensuite...

– J'adore vos compliments détournés, répliqua-t-elle avec un sourire assuré. Venez me dire au revoir gentiment avant de vous engoncer dans votre faux col et votre gilet...

Hugo qui fouettait de nouveau ses chevaux, se haïssait d'avoir cédé encore une fois. Pourquoi n'avait-il pas résisté à la bouche sensuelle de l'enchanteresse ?

Je suis un fou... un fou ! songeait-il en pressant ses bêtes, inquiet de l'impression déplorable que causerait son retard chez ceux qui l'attendaient.

« Un fou... un fou »..., semblaient répéter les roues du phaéton en soulevant la poussière. Et le beau capitaine croyait entendre en même temps lady Jersey lui seriner les mêmes mots.

« – Vous êtes un fou, mon cher, et votre liaison avec la comtesse est la fable de Londres. Elle ne peut manquer de parvenir aux oreilles de Wiltshire... et alors, mon pauvre ami...

« – Pourquoi lord Wiltshire aurait-il des réactions de mari jaloux ? avait répondu Hugo. Un vieillard qui a fait un mariage blanc... ou presque...

» Lady Jersey avait éclaté de rire.

« – Qui donc vous a conté ces balivernes ? Ah ! je vois... Décidément, le mensonge pousse sur les lèvres de cette sirène comme le chiendent dans nos herbages ! Ne soyez pas dupe de ses roueries, Hugo. Son époux peut ne pas être de première jeunesse et avoir dans la vie d'autres intérêts que sa femme mais ne le prenez pas pour un vieillard ramolli. Il ne se laissera pas ridiculiser passivement par cette créature qu'il a beaucoup aimée et qu'il aime sûrement encore, n'en doutez point. Peu avant son mariage, cet homme était l'amant de lady Hertingfordbury qui ne se gênait pas pour vanter ses prouesses.

« – Quoi? Vous pensez qu'Anastasia aurait inventé de toutes pièces...

« – Vous êtes un enfant, mon cher Hugo! Croyez-moi, vous faites bien d'accepter cette mission à Meldenstein. Restez là-bas le plus longtemps possible. En revenant ici avant que les commérages s'apaisent, vous risqueriez d'être provoqué par le comte de Wiltshire et de vous mettre sur les bras une si méchante affaire qu'elle pourrait ruiner votre position dans le monde. »

Bien entendu, Anastasia s'était empressée de nier les allégations de lady Jersey en colportant, faute d'arguments valables, les turpitudes bien connues de cette dernière. Bien qu'elle ait eu presque toujours réponse à tout, Chevelry n'en avait pas moins décidé de rompre avec Anastasia. Que représentait le désir physique qu'il ressentait encore pour cette femme en comparaison des souffrances qu'elle lui avait fait endurer dans le passé? Pendant les campagnes d'Espagne et du Portugal, combien de nuits d'insomnie avait-il passées à se désespérer à cause d'elle! Elle lui avait préféré un homme riche car elle ne se sentait pas le courage d'affronter une existence modeste et il s'était mordu les doigts jusqu'à les ensanglanter, à force de l'imaginer dans les bras du richard auquel elle s'était vendue! Comment n'avait-il pas sombré dans la démence? Il se le demandait encore.

« Je suis fou... je suis fou »... Le grincement des roues de son phaéton continuait sa litanie moqueuse. Hugo se répétait qu'il n'était rien d'autre qu'un faible, un homme sans orgueil asservi par une créature méprisable. Il maudissait les femmes sans en excepter une seule puisqu'elles ne songeaient toutes qu'à leurs plaisirs et à se vendre au plus offrant.

– Oui, décidément, je suis fou à lier! s'écria-t-il à haute voix, s'apercevant un peu tard que le groom assis derrière lui et qui le regardait d'un air étonné pouvait l'entendre.

Il parvint à Lambourn House avec plus d'une demi-heure de retard. Avec une rage qu'il contenait à peine, il gravit quatre à quatre les marches du perron.

Un laquais l'introduisit dans un salon où les invités se tenaient prêts à passer à table. Le maître de maison s'approcha pour l'accueillir. Le jeune capitaine se répandit en excuses, inventant mille prétextes, et vit derrière son interlocuteur s'avancer une jeune fille blonde, d'une distinction exquise et d'une extraordinaire beauté. A sa vue, elle s'arrêta net et le dévisagea avec un étonnement que le léger désordre et la poussière de son vêtement ne pouvaient suffire à justifier.

Sir Horace Lambourn se retourna. Devant l'immobilité de sa fille, il lui dit avec une déférence qui n'était pas exempte d'une certaine fermeté :

– Eh bien, Camilla, acceptez donc le bras du chevalier d'honneur que vous envoie le prince, votre fiancé.

– Capitaine Hugo Chevelry, aux ordres de milady, prononça le jeune homme en s'inclinant.

Une main tremblante et glacée se posa sur la sienne. La future princesse de Meldenstein se demandait si ses jambes allaient pouvoir la soutenir dans sa marche vers la salle à manger ou si elle allait s'effondrer, évanouie, au milieu de tous ces gens qui la regardaient.

Alors elle se rappela les paroles de son père au sujet des grands acteurs qui considèrent comme un devoir d'entrer en scène coûte que coûte, et elle parvint à recouvrer la maîtrise d'elle-même.

Alors elle se rappela les paroles de son père au sujet des [illegible] qui [illegible] devoir [illegible] que [illegible] et [illegible] parent [illegible] d'ailleurs.

[illegible] les [illegible] depuis [illegible] que [illegible]

[illegible]

4

Camilla n'avait pas dit la vérité le jour où sa mère lui avait demandé si elle n'avait pas déjà donné son cœur à quelqu'un.

« Nous aspirons toutes à épouser l'homme de nos rêves », avait dit lady Lambourn.

Or, il y avait un homme dans les rêves de Camilla, et il y était même depuis très longtemps. Six années plus tôt, alors qu'elle n'avait encore que treize ans, il y était entré pour ne plus en sortir.

L'adolescente avait eu beau se répéter que ses divagations étaient ridicules, quelque chose au fond d'elle-même lui disait qu'elle rencontrerait de nouveau le jeune homme entrevu à l'occasion d'une course de chevaux où lord Lambourn avait emmené sa fille.

Un des plus fameux régiments d'Angleterre était alors cantonné dans les environs et une course hippique avait été organisée entre ses officiers et les « gentlemen-riders » de la « gentry » locale.

Comme le prince de Galles avait fait annoncer qu'il honorerait de sa présence cette journée équestre, les invitations du colonel en charge avaient été très recherchées par toutes les familles nobles de la région. Dans des mail-coaches ou des voitures découvertes, tout le monde était arrivé tôt sur le terrain. Entourées de leurs enfants qui sautaient de joie et d'excitation, les dames arboraient leurs plus belles toilettes.

Les fastes de cette journée étaient encore présents à l'esprit de Camilla : la multitude des tentes blanches striées de bleu entouraient celle, surmontée d'un dais, où le prince de Galles recevait les invités de marque; les drapeaux du régiment claquaient au vent d'été, les redingotes rouges des civils contrastaient avec les uniformes dorés des officiers, les cavaliers paradaient avec leurs chevaux devant les spectateurs...

Les admirables montures avaient bien plus intéressé la petite fille que les toilettes des ladies ou l'élégance extravagante des dandys qui entouraient l'héritier du trône. Elle s'était approchée discrètement des écuries et était restée pétrifiée d'admiration devant une véritable merveille de la race chevaline. Superbe et vigoureux, un étalon d'un noir de jais caracolait de la plus gracieuse manière, cherchant à échapper aux mains de son lad qui ne le retenait qu'à grand peine.

Lorsque les cavaliers se présentèrent au paddock, Camilla vit que l'objet de son admiration était monté par un jeune homme élancé au visage auréolé de cheveux bruns. Tel un centaure, il paraissait ne faire qu'un avec sa monture. Autour des cavaliers, des amis se pressaient, écoutant les bookmakers qui venaient offrir leurs services – car les paris allaient bon train. En entendant discuter ces connaisseurs, Camilla apprit que le cheval qui l'avait fascinée s'appelait Apollon. Sa cote n'était qu'à deux contre un mais un cheval nommé Oiseau de Feu partait grand favori.

– Vieil escroc! cria à l'un des preneurs de paris le jeune homme qui montait Apollon. Place-moi dix guinées sur lui!

– C'est jeter votre argent par les fenêtres! fit observer un homme plus âgé.

Mais le beau cavalier eut un grand rire plein de confiance et Camilla, tandis que les concurrents se dirigeaient vers la ligne de départ, se surprit à désirer intensément la victoire d'Apollon et de son cavalier.

Le peloton s'élança et passa devant elle dans un bruit de tonnerre. Il s'agissait d'un steeple-chase. Le long parcours comportait de nombreux obstacles, mais la configuration du terrain permettait de suivre la course de bout en bout. Même lorsque les chevaux se trouvaient à l'autre extrémité de la boucle, Camilla parvenait encore à distinguer la casaque bleu et or du cavalier d'Apollon.

Aux trois quarts de la course, Apollon n'était que troisième. Plusieurs chevaux avaient roulé à terre en abordant les plus durs obstacles mais lui les franchissait tel le dragon ailé des légendes! Il restait environ un demi-mile lorsque Camilla vit son favori rattraper les chevaux qui le précédaient.

– Vas-y! Vas-y! hurlait la petite fille qui ne se contenait plus.

Elle avait l'impression que c'était elle qui montait Apollon. Il semblait obéir à ses encouragements passionnés. Les deux chevaux de tête sautèrent ensemble l'ultime haie. On vit soudain l'un d'eux tomber. Une seconde, le cœur de Camilla s'arrêta de battre; elle avait cru que c'était Apollon mais dans un éclair de joie, elle comprit son erreur : en un galop d'apothéose, il franchissait la ligne d'arrivée! Lorsqu'il passa près d'elle, acclamé par la foule délirante, Camilla vit l'expression ineffable de son cavalier. La tête appuyée contre l'encolure de l'étalon, il riait de joie.

– Il a gagné! Il a gagné! criait à tue-tête la fillette.

Et il lui semblait que cette victoire était un peu la sienne.

Le vainqueur, maintenant, était conduit vers la tribune princière. Tous purent voir le cavalier se découvrir pour remercier d'un geste plein de grâce le fils de Georges III qui lui adressait ses félicitations.

– Admirable course! s'écria un vieux monsieur, près de Camilla. J'y perds une fortune mais que le diable m'emporte si un autre cavalier monte mieux que ce jeune officier!

Que de fois, depuis ce jour, la jeune fille avait revécu ces minutes exaltantes! Il lui suffisait de fermer les yeux pour revoir, comme en un rêve, l'arrivée victorieuse de l'étalon noir et, surtout, le sourire de son cavalier lui caressant la crinière, son expression heureuse et le noble salut par lequel il avait répondu aux acclamations.

Elle n'avait même pas cherché à savoir son nom. Au cours des années suivantes, Camilla, qui devenait une femme, avait retrouvé dans tous ses rêves, avec le même attendrissement, cette vision de son enfance. Et quand elle avait commencé à imaginer l'homme à qui un jour elle donnerait son cœur, c'était toujours le visage, le sourire, la prestance de cet inconnu qu'elle avait évoqués...

Et voici que ce soir, au moment de sa vie où elle s'y attendait le moins, cet homme venait de réapparaître... Il était là, en face d'elle, de l'autre côté de la table, semblable à l'image qu'elle s'en faisait depuis tant d'années... Il s'appelait Hugo Chevelry et lui avait dit qu'il était « à ses ordres »... Hugo Chevelry, Camilla se répétait les syllabes de ce nom qui lui deviendrait vite familier puisqu'elle allait partir en voyage avec celui qui le portait... Mais ce n'était hélas! que pour en rejoindre un autre!

La jeune fille essaya de vaincre la mélancolie engendrée par cette pensée en participant à la conversation des autres convives.

La baronne von Furstendruck racontait, pour le plus grand plaisir des dames, les derniers potins de la principauté. Sir Horace, seul à avoir longtemps vécu à Meldenstein, s'efforçait de lui renvoyer la balle avec esprit.

Le vieil ambassadeur était dans une forme extraordinaire. Il avait réussi à donner aux invités l'impression qu'ils étaient les hôtes d'une grande maison où les réceptions fastueuses procédaient d'un rituel quotidien. Camilla estimait même, in petto, qu'agir avec tant d'ostentation n'était guère de mise... Après tout, pourquoi chercher à persuader les gens que les Lambourn étaient aussi riches que Crésus? En plus des réaménagements effectués, du personnel réinstallé à demeure, sir Horace avait, pour cette soirée, engagé des laquais supplémentaires postés en faction à chaque coin de porte et loué des tableaux ainsi que des objets d'art qui, disposés un peu partout, donnaient à l'ensemble l'aspect d'un décor de théâtre.

Quant au capitaine Chevelry, Camilla ne pouvait s'empêcher de penser que les rêves sont bien décevants lorsqu'ils sont confrontés à la réalité. L'attitude du jeune homme était si différente de ce qu'elle s'était plu à imaginer!

Au début de la soirée, il s'était contenté de lui marquer une politesse courtoise, sans plus, en lui adressant à peine la parole. A présent, lorsque, par hasard, leurs regards se rencontraient, elle avait l'impression de lire dans ses yeux une sorte d'hostilité, voire un peu de mépris.

Pourquoi? Cet homme avait-il quelque chose à lui reprocher?

Conscient du mutisme maussade dans lequel se cantonnait son invité, sir Horace, en bon maître de maison, tenta d'y remédier.

– J'aimerais que vous entreteniez ma fille de Meldenstein, capitaine, lança le vieux diplomate à travers la table. Personnellement, je pourrais écrire un livre sur le charme de ce pays, mais je serais certainement de parti pris : les années que j'y ai passées ont été parmi les plus heureuses de ma vie. D'autre part, ce que je dirais risque d'être démodé... Il me plairait que ma fille connaisse l'appréciation de quelqu'un de plus jeune.

– Que désire-t-elle savoir? demanda Hugo sans lever les yeux de l'aile de dinde qu'il était en train de dépecer.

Son ton était si distant que Camilla eut la sensation qu'un courant d'air glacial traversait la pièce. Et d'abord, pourquoi son invité ne s'adressait-il pas à elle directement?

– Elle désirerait connaître, bien sûr, tout ce qui peut faire l'agrément de la vie là-bas, répondit l'ambassadeur avec un sourire indulgent. En premier lieu, parlez-nous donc du prince Hedwig. Les années qu'il a passées en Orient pendant les campagnes napoléoniennes ont dû lui être une grande épreuve.

Chevelry marqua un temps avant d'admettre qu'en effet, la position de Son Altesse Sérénissime à l'époque n'avait pas dû être facile.

– Etait-il en bonne santé à son retour? demanda encore sir Horace.

– J'ai tout lieu de le penser.

– Vous ne l'avez donc pas vu?

– Je ne l'ai aperçu que quelques minutes et de loin au cours de la cérémonie organisée pour son arrivée, expliqua le jeune homme, enfin plus loquace. C'était peu après la cessation des hostilités et mon régiment devait traverser la principauté. Le peuple nous accueillit avec le plus grand enthousiasme et la princesse mère semblait heureuse d'avoir enfin échappé à la botte de l'ennemi.

– C'est bien compréhensible, fit observer un des convives, éminent financier de la City. Si habile politicienne que se soit montrée la régente, une victoire finale de Napoléon aurait porté un coup certain à la prospérité de Meldenstein.

– Et comme, ainsi que chacun sait, l'argent est la seule chose à compter en ce monde, que l'on soit un Etat ou un simple individu, lança Hugo, la lippe dédaigneuse, la principauté se réjouit d'être encore assez riche pour donner aux noces de son prince un faste digne des autres cours européennes.

Le ton cinglant de sa réplique déconcerta Camilla. Pourquoi cet homme est-il aussi amer? se demanda-t-elle. Qu'est-ce qui le rend cynique au point de l'inciter à parler de mon futur mariage avec tant de désapprobation?

Après le dîner, sir Horace s'excusa auprès de ses invités pour monter prendre des nouvelles de sa femme. Les hommes se dirigèrent vers le fumoir et le cercle des dames se reforma au salon autour de la fiancée princière. Tandis que le capitaine Chevelry allait nonchalamment s'adosser contre le manteau de la cheminée, Camilla ne put s'empêcher de le regarder et de le trouver aussi distingué qu'élégant. Son habit, de toute évidence coupé par un maître tailleur, moulait à la perfection sa silhouette élancée, les pointes de son hausse-col atteignaient ses abondants favoris noirs et les nœuds de sa cravate dénotaient une intrication dont la jeune fille connaissait, par l'entremise de son frère Jarvis, la science pour le moins complexe. En dépit de cette élégance recherchée, le capitaine rayonnait de force physique. En lui, le sportif évinçait le dandy.

– J'étais en train de décrire à lady Camilla, dit la baronne von Furstendruck en s'adressant aux messieurs qui venaient d'entrer, à quel point la principauté peut être belle en cette saison. Tout sera en fleurs pour l'arrivée, les guirlandes spécialement tressées pour les fêtes du mariage mais aussi les jardins et les bacs sur le rebord des fenêtres. En descendant de sa voiture, notre future altesse mettra le pied sur un tapis de roses.

– Vous êtes vraiment très poétique ce soir, baronne, fit observer le capitaine Chevelry.

Camilla crut déceler dans cette remarque une ironie cinglante mais la baronne la prit pour un compliment et parut aux anges, l'assistance se gardant de tout commentaire.

Cependant, la jeune fille était certaine d'avoir décelé dans l'œil de son chevalier d'honneur la lueur méprisante qu'elle y avait vue dès leur premier contact et la désapprobation hautaine avec laquelle il n'avait cessé de contempler le luxe de cette maison où il pénétrait pour la première fois.

Pendant une partie de la nuit qui suivit, Camilla ne parvint pas à trouver le sommeil. Elle se tournait et se retournait sans cesse dans son lit tout en se demandant avec angoisse la raison de l'hostilité de Hugo Chevelry à son égard. Elle ne parvint pas à la découvrir et songea que, peut-être, elle se faisait des idées. Sans doute le capitaine était-il contrarié d'être envoyé en mission dans une petite principauté germanique et d'être privé de ce fait des agréments et des dissipations de la « Season ». Il ne pouvait y avoir d'autre explication à une attitude aussi désagréable...

Dès l'aube, la jeune fille s'habilla en hâte, pour aller dire au revoir à tout ce qu'elle aimait et qui avait constitué jusque-là le cadre de sa vie. Elle se promena dans le jardin où elle avait joué, contempla un long moment la vieille maison, puis se décida à rentrer pour prendre congé de sa mère.

Camilla ne put contenir ses larmes en couvrant de baisers le visage tendu par la souffrance que lui présentait la malade. Se reverraient-elles jamais en ce monde?

– Prends bien soin de toi, mon enfant, recommanda lady Lambourn d'une voix que le chagrin rendait rauque. Je suis si triste de te voir partir toute seule... Si seulement nous avions pu t'accompagner ton père et moi! Je te souhaite de tout mon cœur de trouver le bonheur auprès de ce prince aimable et intelligent. Je suis sûre qu'il éprouvera pour toi un immense amour...

La jeune fille retint les mots qui lui montaient aux lèvres et qui auraient augmenté encore la détresse de sa mère. Pourquoi tout le monde tentait-il de la persuader que le prince allait tomber éperdument amoureux d'elle et elle de lui? c'était une pure hypocrisie. Il ne s'agissait que d'un mariage de convenance, rien de plus... et si elle avait pu y échapper, avec quelle joie se serait-elle dérobée!

En redescendant de la chambre de sa mère, Camilla, prête à partir, s'avança vers le perron au bas duquel attendait la berline de louage où la baronne von Furstendruck avait déjà pris place. Une seconde voiture suivait avec les bagages. Abigaïl, la demoiselle de compagnie de la baronne, occupait un des sièges à l'avant de ce fourgon, ainsi que Rose, la jeune femme de chambre qu'avait choisie Camilla. En vain lady Lambourn avait-elle insisté pour que sa fille fût accompagnée par une personne plus âgée. Camilla avait fait remarquer que cette fraîche paysanne était une soubrette habile et stylée avec qui, de surcroît, elle-même aurait plaisir à parler de Lambourn House. La vieille dame avait cédé.

Comme elle s'apprêtait à monter dans la berline après avoir tendrement embrassé son père, la future princesse vit apparaître, perché en haut du phaéton qui l'avait amené de Londres, le capitaine Chevelry, confortablement installé, rênes en main.

– Comment capitaine? Vous allez voyager à part? s'étonna sir Horace.

– Oui, je compte partir en avant-garde pour préparer les relais à chacune de nos étapes jusqu'à Douvres. Je renverrai mon phaéton à Londres avec les voitures de louage dès que nous aurons embarqué sur le yacht de Son Altesse Sérénissime, qui nous attend à quai.

– C'est une délicate attention de votre part, apprécia l'ambassadeur en se retournant pour adresser un dernier adieu à sa fille.

Lorsque le cortège s'ébranla, Camilla avait les yeux trop embués de larmes pour regarder encore une fois le château avant d'en franchir les grilles. De même, elle ne put distinguer, en traversant le village, la pittoresque mare aux canards, les troupeaux de moutons s'en allant vers le pré ni la petite église en briques roses où elle avait été baptisée...

A présent que les équipages avaient fait du chemin, tandis que sa compagne de voyage babillait sans arrêt en faisant force gestes, à l'allemande, Camilla regardait par la portière les hameaux qui défilaient sous ses yeux. En voyant rouler le phaéton de son chevalier d'honneur, elle regrettait de n'être pas elle aussi cheveux au vent dans une voiture découverte au lieu de supporter, dans sa berline à l'odeur de renfermé, l'intarissable bavardage de la vieille baronne.

Elle ne formulait pas ce souhait pour se trouver en compagnie du capitaine Chevelry! C'était seulement pour profiter de l'air frais... Constater que ses pensées ne cessaient pas de se concentrer sur ce personnage l'agaçait. Mais elle ne connaîtrait le repos que lorsqu'elle aurait tiré au clair la raison de l'attitude hostile de cet homme à son égard.

Ils étaient partis de grand matin, car longue était la distance qui les séparait de Douvres. Aussi Camilla mourait-elle de faim et de soif quand, vers midi, la berline s'arrêta pour sa première étape.

La première chose qu'elle vit dans la cour de l'auberge fut l'équipage du capitaine. Celui-ci s'occupait lui-même de faire bichonner ses bêtes.

Une accorte aubergiste entraîna les voyageuses vers une pièce confortable où elles purent se rafraîchir et faire brosser leurs vêtements avant de redescendre dans la grande salle. Hugo les attendait au bas de l'escalier en compagnie d'un chef cuisinier en toque.

– J'ai pris la liberté de vous commander un repas froid, dit-il en s'adressant à la baronne plutôt qu'à sa compagne, mais cet excellent homme m'apprend qu'il peut également vous servir un rôti de porc chaud, une tarte aux légumes ou un gigot de mouton.

Il y eut un léger silence avant que la dame d'honneur, respectueuse de l'étiquette, ne fît remarquer d'un ton sec :

– C'est à lady Camilla, capitaine, que vous devez demander de fixer son choix.

– Bien sûr, excusez-moi, dit le jeune homme en rougissant. Quels sont vos désirs, milady?

La jeune fille sentit alors qu'elle avait perdu tout son appétit. L'hostilité ouverte de cet homme à son égard perçait à travers ses paroles, au point de la mettre constamment mal à l'aise et sur la défensive. Elle ne pouvait relever un manquement précis dont elle aurait eu à se plaindre mais l'atmosphère qu'il créait devenait de plus en plus insoutenable. Camilla se détourna de lui pour donner directement ses ordres à l'aubergiste; un rayon de soleil filtrait à travers les vitres de la fenêtre à meneaux, formant comme une auréole autour de ses cheveux libérés du chapeau qui les emprisonnait.

Une fois ses instructions données, la jeune fille se retourna vers Hugo et surprit une expression toute nouvelle dans les yeux du capitaine. Elle était assez femme pour ne pas s'y tromper : l'œil bleu acier reflétait un sentiment d'admiration.

Camilla en éprouva du soulagement : cet ours pouvait donc aussi se comporter en être humain! Pleine d'espièglerie, elle décida de l'amener à composition.

– Parlez-moi donc de Londres, capitaine, demanda-t-elle tandis qu'ils s'installaient à table. Est-ce que tous ces dandys, surtout ceux qu'on dénomme les « Corinthiens » ou les « Non-Pareils », persévèrent dans leurs extravagances vestimentaires? Chaque fois qu'il m'est arrivé d'en voir un, j'ai eu l'impression de mieux comprendre les desseins divins qui font que certains oiseaux ont un plumage beaucoup plus beau que leurs femelles.

Le jeune homme partit d'un grand éclat de rire.

– Serait-il possible lady Camilla, que la supériorité de l'espèce mâle, à laquelle se complaît parfois la nature, n'ait pas votre agrément?

– Je ne vois pas pourquoi j'admirerais ces personnages futiles et prétentieux qui gaspillent leurs matinées à nouer leurs cravates selon les règles et leurs nuits à nouer les intrigues d'alcôve...

– Je vous conseille de ne pas tenir ce genre de propos à la cour de Meldenstein, milady, répliqua

Hugo en tempérant la sévérité de cet avertissement par un malicieux regard. Les jeunes filles de haute naissance ne sont pas censées connaître ces choses ou en faire état.

– Lorsqu'elles ont un frère aîné, elles les connaissent, assura-t-elle en souriant.

Tout au long du déjeuner, les trois convives bavardèrent gaiement. Camilla obligea son chevalier d'honneur à répondre à ses piques. Le vin aidant, il se montrait de meilleure humeur et paraissait commencer enfin à s'intéresser à la plus jeune de ses interlocutrices.

Détournant la conversation des récits insipides sur la principauté dans lesquels la baronne semblait se complaire, la future princesse se mit à parler chevaux, prouvant vite au capitaine qu'ils avaient pour ce sujet une attirance commune. Elle lui décrivit les foires auxquelles elle avait assisté et où les maquignons accouraient de tous les coins du pays, et les fourberies des romanichels qui vendaient à un prix élevé des haridelles après leur avoir administré certaines herbes qu'ils étaient seuls à connaître.

A plusieurs reprises, au cours de ce gai bavardage, elle vit Chevelry rejeter la tête en arrière et rire de bon cœur. Camilla se sentit heureuse de retrouver le triomphant cavalier d'Apollon qui, six années durant, avait hanté ses rêves.

Le repas achevé, le jeune homme, regardant l'heure, pressa les voyageuses de remonter en voiture. La route était encore longue jusqu'à Douvres.

– Coucherons-nous à bord du yacht princier ce soir, capitaine? interrogea la baronne.

– Assurément, et vous y serez beaucoup plus confortablement installées que dans une auberge, soit que nous mettions à la voile dès notre arrivée, soit que nous attendions la marée. Ce sera au commandant de décider dès que nous serons à son bord.

– Mon Dieu, que je redoute l'instant où je me trouverai de nouveau sur un bateau! s'exclama la dame d'honneur. Mon voyage à l'aller m'a beaucoup éprouvée, j'ai eu cent fois l'impression que nous allions être engloutis! Le comble, c'est que le lendemain le commandant m'a déclaré avec un sourire béat que la traversée avait été plutôt calme!

– Pour moi, déclara Camilla en riant, ce sera une expérience nouvelle car je n'ai jamais navigué et j'ignore si j'ai le pied marin.

La berline vint se ranger devant la porte de l'auberge et, avant d'y prendre place, la fiancée du prince Hedwig jeta un regard de regret en direction du phaéton où Hugo Chevelry venait de se percher d'un bond relevant presque de la haute voltige. Son haut-de-forme coquettement posé de travers, juste à l'angle voulu, elle le vit passer en trombe sur son véhicule aux grandes roues jaunes, fouetter ses chevaux, et disparaître dans un nuage de poussière.

Au cours de cette nouvelle étape, la baronne sombra vite dans une torpeur digestive. Sa jeune compagne s'absorba dans ses pensées, se demandant non sans appréhension si le proche avenir lui apporterait le bonheur qu'on lui avait tant souhaité ou, au contraire, plus de déceptions encore qu'elle-même en redoutait...

Après une courte halte pour changer de chevaux et permettre aux voyageurs d'absorber une tasse de thé, – halte au cours de laquelle ces dames eurent à peine le temps d'entrevoir leur compagnon de voyage, – on repartit. La baronne allégua que les mouvements de la voiture avaient sur elle « un étonnant effet berceur » et retomba dans sa somnolence. Un peu lasse, Camilla ferma aussi les yeux et réussit à prendre un peu de repos.

A 7 heures du soir, la berline s'engageait sur les pavés de Douvres, et les soubresauts réveillèrent instantanément les deux dormeuses.

– Juste Ciel! Sommes-nous arrivés? dit en sursautant Mme von Furstendruck complètement effarée. Comment suis-je? Mon chapeau n'est-il pas de travers?

On approchait de l'embarcadère du yacht où les voyageuses virent un groupe de personnes qui semblaient attendre un événement.

– Mon Dieu! s'exclama la baronne. J'ai complètement oublié de prévenir Votre Altesse Sér... euh... Votre Grâce que le maire de la ville désirait vous adresser un discours d'adieu.

– Le maire de la ville, baronne?

– Eh oui, chère princesse, vous voici devenue un personnage officiel. Il est normal que vos concitoyens vous rendent les honneurs qui vous sont dus!

– Quelle épreuve! s'inquiéta Camilla. Vous auriez vraiment pu m'en avertir... Je n'ai aucune idée de ce que je dois faire... Devrai-je répondre à ce discours?

– Quelques mots de remerciements, j'imagine. Votre père ne vous y a-t-il pas préparée? Cela n'entre pas dans mes attributions de dame d'honneur...

La jeune fille tourna vers sa duègne un visage angoissé.

– Au moins, mon apparence a-t-elle toute la dignité qui convient? demanda-t-elle.

– Vous regarder est un pur enchantement, répondit la baronne, sincère, après un bref regard au ravissant visage qui émergeait de la capote surmontée de myosotis assortis à la cape de voyage.

En descendant de voiture, Camilla fit l'effort de ne point paraître intimidée. A son grand soulagement, elle constata que son chevalier d'honneur se tenait à la portière; en lui tendant la main, il lui glissa à mi-voix :

– Le maire est celui qui porte une chaîne d'or...

Retenant son envie de rire, la jeune fille s'avança avec dignité vers le gros homme emperruqué et empêtré dans une vaste toge, et qui, aussitôt, en termes pompeux, développa des fioritures sur le thème de la perte que représentait le départ « d'une des plus belles roses de notre Angleterre » et de l'avantage qu'en revanche y gagnerait la principauté de Meldenstein.

Camilla s'efforça d'écouter l'orateur en gardant son sérieux. Une forte brise marine qui gonflait comme des montgolfières les robes solennelles du maire et de ses échevins ébouriffait leurs perruques et conférait à ces augustes personnages des têtes de chats en colère. Dans l'assistance, beaucoup de dames tentaient d'empêcher leurs chapeaux de s'envoler et la future princesse se félicita que le sien fût bien retenu par ses larges rubans. Tout en écoutant la harangue, elle se demanda combien il lui faudrait désormais en subir du même genre.

Cependant, le représentant de la ville en avait terminé et Chevelry, s'approchant de la jeune fille, lui murmura :

– Répondez quelque chose...

– Monsieur le maire, je vous suis reconnaissante des paroles aimables et gracieuses que vous venez de prononcer, improvisa aussitôt Camilla. J'en suis touchée et m'en souviendrai après m'être éloignée de vos côtes. Je ne manquerai pas de transmettre à mon futur époux et à tous les citoyens de Meldenstein les bons sentiments que vous nourrissez à leur égard et vous en remercie du fond du cœur.

Une salve d'applaudissements suivit. En fille d'ambassadeur, Camilla devina d'instinct ce qu'elle devait faire et serra la main des personnalités officielles, ravies de son geste. Ce cérémonial achevé, Hugo lui désigna de la main le tapis rouge menant au yacht qui l'attendait pour l'emmener vers sa nouvelle patrie.

La jeune fille vit alors le coquet bateau aux cordages enguirlandés de fleurs et surmontés de drapeaux où se mêlaient les armes d'Angleterre et celles de la principauté. Le commandant, un homme d'un certain âge mais encore beau dans son uniforme rutilant, vint l'accueillir en haut de la coupée. Après un échange d'aménités, la future princesse qu'escortait sa dame d'honneur figée dans une attitude altière fut conduite en procession jusqu'à sa cabine, spacieuse et décorée de fleurs. Une autre, attenante, était réservée à la baronne. Camilla vit avec satisfaction que Rose avait déjà commencé à déballer ses affaires de voyage.

Sitôt que le commandant et sa suite se furent retirés, la jeune fille s'élança vers la soubrette qu'elle prit dans ses bras.

– Que je suis heureuse de vous retrouver, Rose! Votre voyage dans le fourgon n'était-il pas trop fatigant? Vraiment, ce yacht est splendide! Il me paraît aussi grand qu'un navire de guerre!

La camériste lui raconta les petits incidents qui avaient émaillé sa journée et elles ne furent plus que deux jeunes filles babillant dans l'excitation d'une aventure toute nouvelle, jusqu'au moment où Camilla s'aperçut que l'heure était venue de se changer pour le dîner.

Lorsqu'elle se présenta dans le salon-salle à manger quelques instants plus tard, elle trouva debout, alignés et formant la haie, sa dame et son chevalier d'honneur ainsi que le commandant et ses principaux officiers. Elle s'aperçut alors que quelque chose avait changé dans leur comportement.

Tout le monde attendit qu'elle fût assise pour l'imiter, y compris la baronne, et on s'inclinait avec déférence chaque fois qu'elle adressait la parole à quelqu'un. Le dîner se serait poursuivi dans cette atmosphère guindée si Camilla, excédée par les compliments ampoulés que lui faisait le commandant dans un anglais exécrable, n'avait lancé un muet appel à l'aide en direction de Hugo.

Celui-ci fit aussitôt dévier la conversation sur la navigation, les marées et la vie maritime, et la future princesse eut enfin le loisir d'apprécier en paix la délicatesse de la cuisine continentale qui lui était servie.

Le repas terminé, le commandant et ses officiers s'excusèrent de devoir prendre congé de leurs hôtes en annonçant qu'ils allaient profiter de la marée pour faire mettre à la voile.

– Si le bateau doit prendre la mer maintenant, dit alors Mme von Furstendruck tout agitée, je crois préférable de me retirer. Votre Altesse souhaite-t-elle que je la raccompagne jusqu'à sa cabine?

– Merci, baronne, je saurai trouver mon chemin et vous souhaite une bonne nuit.

– Je compte prendre du laudanum pour assurer mon sommeil. J'espère seulement que vous n'aurez pas besoin de moi avant demain matin...

Camilla ayant apaisé son inquiétude, la baronne partit après lui avoir fait une révérence jusqu'à terre.

La porte refermée, la jeune fille se retourna vers Chevelry.

– Je me demande la raison de cette révérence, s'étonna-t-elle.

– Sur ce bateau, vous êtes déjà sur le territoire de la principauté, milady, lui expliqua-t-il. Votre dame d'honneur ne fait que se conformer, ainsi qu'elle le doit, à l'étiquette.

– Je suppose que je devrai m'y habituer... Mais j'avoue que je suis gênée de voir des personnes âgées me traiter avec une telle déférence.

– Vous avez maintenant le statut d'une tête couronnée, Votre Altesse, conclut-il avec une légère pointe d'ironie dans la voix.

Camilla fit quelques pas dans le salon. Celui-ci était bas de plafond, et elle avait remarqué qu'en se levant Hugo avait failli s'y cogner la tête.

– Je vois des vagues, constata-t-elle en s'approchant d'un hublot. Pensez-vous que notre traversée sera houleuse?

– Pas au point de troubler qui que ce soit... à l'exception peut-être de Mme von Furstendruck...

– Combien d'heures de mer, capitaine?

– Nous serons en vue d'Anvers dès demain à l'aube, pour peu que les vents nous soient favorables.

– Et ensuite?

– Le voyage est encore long jusqu'à Meldenstein. Mais je compte brûler les étapes. J'espère que vous n'arriverez pas trop fatiguée.

Comme son interlocutrice demeurait silencieuse, il poursuivit :

– Permettez-moi de vous féliciter, lady Camilla, de votre excellente performance de la journée. Force est de reconnaître que le prince Hedwig a su choisir une épouse digne de la haute position qui sera la sienne!

– Est-ce lui qui m'a choisie? demanda la jeune fille en se retournant. C'est plutôt sa mère, lui n'a pas eu voix au chapitre.

Il y avait un peu d'angoisse dans sa question, ce qui fit hésiter Hugo un court instant. Sa réponse, quand elle vint, fut tout à fait inattendue.

– Cela a-t-il quelque importance?

– Non, sans doute... N'empêche que si les choses tournaient mal, quelqu'un en serait blâmé. Je me demandais qui ce serait.

– Qu'est-ce qui pourrait tourner mal? s'étonna Chevelry. Comme je viens de vous le dire, le prince n'aurait pu trouver mieux tant pour la beauté que pour le comportement. Je vous assure que dans la plupart de ces cours germaniques on n'a pas toujours la chance de tomber si bien.

– Vous parlez de moi comme d'une marchandise! s'exclama Camilla d'un ton sec.

– Si c'est l'impression que je vous ai donnée, je vous prie de m'en excuser. Dans mon esprit, je considérais cela comme un compliment.

Il s'était incliné en prononçant ces mots, mais avec un sourire non dépourvu d'ironie.

La jeune fille se tourna de nouveau vers le hublot. Comment aurait-elle pu confier sa peur à cet inconnu? Si elle l'avait pu, même à présent, à la toute dernière minute, elle se serait enfuie à toutes jambes pour retourner chez ses parents et échapper à ce qui l'attendait : la pompe, les cérémonies et par-dessus tout, l'instant où elle se trouverait seule en présence de l'homme qui allait être son mari!

Dans son dos, elle entendit Hugo lui dire d'un ton rassurant :

– J'ai la certitude que tout se passera le mieux du monde. Je comprends que vous vous sentiez un peu dépaysée mais vous apprécierez très vite tous les avantages de votre position.

– Croyez-vous... qu' « ils » m'aimeront?

– Assurément! C'est un peuple simple, prêt à vous ouvrir son cœur.

– C'est vite dit, protesta-t-elle en se retournant lentement. Et... lui, pensez-vous qu'il m'aimera?

C'était le cri d'une enfant apeurée mais Hugo se refusa à le reconnaître pour tel, et c'est le regard dur et les traits contractés qu'il répondit :

– Son Altesse Sérénissime ne pourra pas échapper à votre charme. Quant à vous, milady, n'aurez-vous pas obtenu tout ce que vous souhaitiez? C'est la seule chose qui compte, non?

Le ton frisait l'impolitesse et brusquement, le

capitaine s'inclina en claquant les talons et se retira du salon.

Camilla resta quelques secondes à contempler la porte qu'il avait refermée derrière lui. Elle entendit son pas décroître dans les coursives et se mit à penser avec désespoir que cet homme, au lieu de l'amitié qu'elle avait espérée, ne lui avait prodigué qu'une hostilité voisine de la haine.

capitaine s'inclina en claquant les talons et se retira du salon.

Camille resta quelques secondes à contempler la porte qu'il avait refermée derrière lui. Elle entendit son pas décroître dans les coursives et se mit à penser avec désespoir que cet homme, au lieu de l'amitié qu'elle avait espérée, ne lui avait prodigué qu'une hostilité voisine de la haine.

8

À son réveil, Camille constata que le navire tanguait fortement. Dès que Rose eut répondu à son appel, elle lui ordonna d'aller s'enquérir auprès du [illegible] de l'état de [illegible] de la traversée. La soubrette revint lui annoncer que la dame d'honneur souffrait [illegible] du mal de mer [illegible] de devoir garder la chambre [illegible] la mer serait [illegible].

Pas mécontente d'échapper à l'incessant bavardage de la vieille dame, Camille se leva, s'habilla avec l'aide de sa camériste et décida d'écrire une [illegible] lettre à [illegible] [illegible] aux armoiries de [illegible]. La comtesse se dit qu'il [illegible] à la lettre [illegible] et [illegible] du voyage et d'une brève [illegible] sur [illegible] capitaine [illegible] ne lui [illegible] pas [illegible].

À la [illegible] [illegible] dire [illegible] que

5

A son réveil, Camilla constata que le navire tanguait fortement. Dès que Rose eut répondu à son appel, elle la pria d'aller s'informer dans la cabine voisine de l'état de santé de la baronne. La soubrette revint lui annoncer que la dame d'honneur souffrait beaucoup du mal de mer et s'excusait de devoir garder la chambre tant que la mer serait démontée.

Pas mécontente d'échapper à l'incessant bavardage de la vieille dame, Camilla se leva, s'habilla avec l'aide de sa camériste et décida d'écrire une courte lettre à sa mère. Mais avec le mouvement du bateau, elle avait du mal à aligner correctement ses mots sur l'épais parchemin frappé aux armoiries de Meldenstein. La jeune fille se dit qu'à défaut d'une longue missive, le papier à lettres, au moins, ferait plaisir à lady Lambourn et se contenta d'un résumé du voyage et d'une brève appréciation sur Mme von Furstendruck. Quant au capitaine Chevelry, elle ne lui consacra pas une seule ligne.

A la vérité, Camilla n'aurait trop su qu'en dire; elle se reprochait de penser souvent à lui alors que les jeunes hommes qu'elle avait eu l'occasion de rencontrer au cours de son unique « Season » à Londres l'avaient laissée indifférente. Après tout, Chevelry ressemblait en tout point aux dandys qui entouraient le prince de Galles, fréquentaient les tavernes et les maisons de jeu, pratiquaient l'art de la boxe chez « Gentleman Jackson » et couraient à Newmarket en témoignant tout de même en ce sport – il fallait en convenir – d'une science équestre qu'on ne pouvait qu'admirer?

Apprécier l'adresse et le talent d'un bon cavalier est une chose, décida-t-elle, vouloir s'en faire un ami en est une autre. Mieux valait dorénavant avoir le moins de contacts possible avec ce chevalier d'honneur qu'on lui avait imposé et qui avait le don de la mettre mal à l'aise.

En contradiction avec ses résolutions, la future princesse fut déçue, au moment du déjeuner, de constater l'absence de son compagnon de voyage et de se trouver seule à table.

– Le commandant du bateau n'est pas là? demanda-t-elle au chef des stewards qui la servait.

– Le commandant lui pas quitter le pont supérieur pendant traversée, répondit le serveur dans son mauvais anglais.

– Et... n'avez-vous point vu le capitaine Chevelry?

– Lui là-haut avec officiers. Il aime bien quand il y a un peu tempête sur la mer.

Sa collation terminée, Camilla se fit donner par Rose sa cape de voyage, le seul de ses vieux vêtements qu'elle avait emporté et ajouté à son trousseau. Elle avait toujours aimé s'emmitoufler dans cette mante chaudement doublée pour s'asseoir, en dépit des protestations de sa mère, auprès du cocher de leur voiture, lorsqu'elles allaient en promenade.

Elle l'endossa et rabattit la capuche sur ses cheveux blonds. Le bleu-vert bordé de fourrure claire éclairait son visage et ses yeux.

Sur le pont, la violence du vent lui coupa le souffle. Elle parvint en titubant à atteindre le bastingage auquel elle s'accrocha des deux mains. Le yacht avait le vent en poupe et, toutes voiles gonflées, fendait les vagues qui déferlaient autour de sa coque dans un nuage d'embruns.

Une exaltation qu'elle n'avait jamais connue transporta Camilla d'enthousiasme. A chaque instant, d'énormes masses d'eau s'abattaient avec fracas contre le bateau qui frémissait. Le yacht plongeait ou remontait au gré de la tempête, dans le craquement de ses cordages tendus et les marins se transmettaient les ordres en criant dans des porte-voix. Tandis que le vent rabattait des mèches de cheveux sur son visage et qu'elle éprouvait le goût du sel sur ses lèvres, Camilla entendit une voix familière l'interpeller d'un ton désapprobateur.

– Que faites-vous là, lady Camilla? Vous devriez redescendre tout de suite.

Elle se tourna en riant pour faire face au capitaine Chevelry. Lui aussi luttait contre le vent, la chevelure en désordre, le col de son manteau relevé et retenu par des boutons autour de son cou, campé dans ses hautes bottes que la mer avait détrempées.

– C'est merveilleux! cria Camilla. Jamais je n'avais imaginé un tel spectacle!

– Rentrez. C'est dangereux de rester là!

Il l'admonestait avec moins de conviction, perdu dans la contemplation des joues rosies par le froid et des yeux brillants de joie de l'intrépide passagère.

– Je comprends à présent pourquoi Jarvis voulait tant être marin, hurla-t-elle, sachant que dans le fracas des vagues, arriver à s'entendre n'était guère facile.

– Jarvis? questionna Hugo.

– Mon frère. Il est dans la marine, et je l'envie! J'aimerais sillonner comme lui les océans du monde entier!

Hugo esquissa un sourire devant tant d'enthousiasme avant de reprendre son rôle de protecteur.

– Si vous tombiez à l'eau dans ces flots démontés, il serait impossible de vous sauver...

– Je ne tomberai pas, affirma-t-elle, ajoutant en riant : ... quoique j'aimerais bien voir votre tête si vous vous trouviez dans l'impossibilité de livrer la marchandise qui vous a été confiée!

– Elle ne serait pas plaisante à voir, admit-il du même ton amusé.

Une vague plus forte que les autres secoua le bateau. Camilla faillit perdre l'équilibre et fut saisie à bras-le-corps par son compagnon.

– Au nom du Ciel, soyez prudente! grogna-t-il de nouveau.

– Dans mon intérêt, ou dans le vôtre? rétorqua-t-elle, narquoise.

Elle n'aurait su dire si ce vent implacable qui les changeait en poupées de chiffon y était pour quelque chose mais la timidité et la réserve qui avaient jusque-là paralysé la jeune fille s'étaient évanouies. Chevelry ne lui causait plus ni malaise ni peur, et elle voulait effacer à jamais le cynisme qui l'agaçait tant dans son regard.

– Dans votre intérêt, cria-t-il en réponse, et dans celui de ceux qui vous attendent!

Pour la première fois, la pensée des jours à venir cessa d'oppresser le cœur de la future princesse.

– Peut-être que nous ne parviendrons jamais au bout de notre voyage, exulta-t-elle, et que cette croisière magique vers l'inconnu s'achèvera dans l'enchantement d'un bonheur ensoleillé!

Elle clamait tout haut ses rêves, oubliant presque celui qui l'écoutait, lorsqu'elle entendit Chevelry lui dire d'un ton sévère:

– C'est votre futur époux qui vous attend!

Il essayait d'étouffer son exaltation, mais elle était décidée à ne plus se laisser impressionner.

– Vous êtes aussi sinistre qu'un sermon du Vendredi saint! plaisanta-t-elle. Pourquoi n'a-t-on pas désigné quelqu'un de plus gai pour m'escorter? Quoi que l'avenir me réserve, vous ne pourrez pas me reprendre ces heures merveilleuses!

Camilla avait cessé un instant de retenir sa capuche et le vent, s'y engouffrant, libéra complètement ses cheveux d'or. D'un mouvement de tête, elle les rejeta en arrière. Elle ressemblait ainsi à une de ces délicates figures de proue qui ornaient les frégates autrefois.

Sans même le regarder, elle savait que son compagnon la contemplait. Elle se demanda ce que les marins perchés dans les haubans pensaient en la voyant ainsi échevelée... Mais au fond, elle s'en moquait! C'étaient les derniers moments de liberté dont elle pourrait profiter. Après...

Camilla fut interrompue dans ses pensées par un

officier du pont supérieur qui se dirigeait vers elle.

– Le commandant, Votre Altesse, vous prie de bien vouloir retourner à l'intérieur. Le temps continue à se gâter. Il se sent responsable de votre sécurité. Vous ne pouvez rester ainsi exposée sur la passerelle, ce serait prendre un trop grand risque...

– Vous devez obéir, milady, ajouta Chevelry devant l'hésitation de Camilla.

Celle-ci se décida à obtempérer mais elle ne parvint pas à faire un pas tant le bateau était secoué. Hugo la saisit à pleins bras, l'aidant à avancer jusqu'aux marches de l'escalier qui menait aux cabines. Lorsqu'ils furent à l'abri du vent, elle put s'appuyer à la balustrade et Chevelry desserra son étreinte.

– Ce n'est pas juste, protesta-t-elle en relevant vers lui son visage mouillé d'embruns, je vivais une expérience tellement merveilleuse!

– Ne vous avais-je pas prévenue que c'était dangereux? dit-il en lui ouvrant la porte du salon.

Le bateau tanguait au point qu'elle eut du mal à atteindre un siège. En s'y glissant, elle prit conscience du désordre de ses cheveux et entreprit d'en rétablir un peu l'ordonnance.

– Je n'avais encore jamais rencontré de femme qui aime la mer à ce point, fit observer le capitaine en s'asseyant en face d'elle.

– J'ai toujours été fascinée par l'eau, avoua la jeune fille. Tout enfants, avec mon frère, nous passions des heures à canoter sur la rivière ou à nous baigner dans l'étang, malgré la défense de nos parents...

– Vous arrive-t-il souvent de faire ce qui vous est défendu? interrogea-t-il sans pouvoir détacher ses yeux des petites fossettes qui naissaient sur les joues de Camilla quand son sourire s'accentuait.

– Vous auriez préféré, sans doute, que je sois morne comme une souche, ironisa-t-elle. Est-ce là votre conception d'une jeune personne fraîchement sortie de sa province?

– A dire vrai, j'ai peu d'expérience en ce domaine...

– Reconnaissez qu'une de ces demoiselles « à la mode », terrorisées à l'idée d'être décoiffées et prêtes à s'évanouir à la vue d'une vague un peu forte, aurait mieux fait votre affaire!

Enhardie par l'éclat de rire qui accueillit sa repartie, Camilla prit un air mutin pour ajouter :

– J'en ai connu à Londres de timorées à un degré inimaginable! Elles poussaient des cris d'orfraie quand je montais autre chose que les vieux canassons de manège. Ceux-là mêmes que nos professeurs d'équitation s'ingénient à conseiller aux élèves de mon sexe!

– Petite et menue comme vous l'êtes, répondit Hugo du tac au tac, je ne vous vois pas monter autre chose qu'un poney de la dernière couvée.

– Je suis capable d'enfourcher la monture la plus fougueuse et de l'entraîner à sauter, capitaine, protesta la future princesse avec une flamme attisée par le propos dédaigneux de son interlocuteur. Sans doute avez-vous dit cela pour me mettre au défi?... Dès que nous en aurons l'occasion, je suis prête à me mesurer à vous dans une course d'obstacles. Je me sens même de taille à battre votre Apollon, si vous le possédez toujours!

– Apollon? Comment connaissez-vous Apollon? demanda-t-il, étonné.

Camilla ne put s'empêcher de rougir de son étourderie.

– Je... j'ai entendu dire... que vous aviez un cheval de ce nom, balbutia-t-elle.

– Vous cherchez une échappatoire, insista-t-il d'un ton accusateur. Je veux la vérité! Comment connaissez-vous Apollon?

– Eh bien, je vous ai vu gagner une course avec lui, il y a six ans, confessa la jeune fille. Vous êtes arrivé premier, alors que tout le monde attendait je ne sais quel crack... Oiseau de Feu, je crois...

Le visage de Chevelry s'éclaira.

– Je me souviens parfaitement de cette journée. Ainsi, vous étiez là? Mais vous deviez être encore une enfant?

– C'était à l'occasion de mon treizième anniversaire.

– Voilà pourquoi vous avez paru si surprise lorsque je vous ai été présenté l'autre soir, murmura-t-il après une seconde de réflexion. Je ne comprenais pas la stupéfaction que je lisais sur votre visage. En voici donc l'explication...

– Je ne pensais pas vous revoir... jamais.

– Parce que vous vous souveniez encore de moi? Cela me paraît étrange... avec toutes les courses courues ce jour-là!

– Je voulais qu'Apollon soit vainqueur, répliqua-t-elle avec une vivacité qui contrastait avec la lenteur des déductions de son vis-à-vis.

– Bien sûr, bien sûr, dit Chevelry sans la quitter des yeux. C'était une bête magnifique, mais cette course a sans doute été sa dernière. Il a été mis à l'herbage peu après et j'ai entendu dire qu'il a fait souche d'autres étalons aussi vaillants que lui.

– Vous avez entendu dire? Entendez-vous par là que... vous vous en êtes séparé?

– Je n'avais pas les moyens de le conserver, avoua-t-il en baissant la tête. Mon régiment partait pour l'Espagne et il m'était impossible de payer l'entretien d'Apollon pendant mes années d'absence. Je l'ai vendu à un ami de confiance qui, j'en avais l'assurance, le soignerait bien. Mais ç'a été dur pour moi de devoir le quitter.

– Oui, vous avez dû avoir de la peine. Quand on aime un cheval, il devient comme une partie de soi-même...

– C'est vrai, mais comme c'est curieux que vous vous soyez souvenue d'Apollon. J'évoque souvent cette course.

– Et moi donc! renchérit-elle sans réfléchir. A la dernière haie, j'ai cru que vous étiez tombé. Pendant un moment, j'ai évité de regarder la course tant j'avais peur, et puis je vous ai revu. J'ai su alors que vous alliez gagner!

– Vous le souhaitiez donc à ce point?

– Je priais sans arrêt pour vous! J'étais tellement enthousiasmée par cette course que j'avais l'impression de monter moi-même Apollon.

Elle avait mis tant de passion dans cet aveu qu'elle comprit soudain qu'elle en avait trop fait.

– Bien sûr, je n'étais qu'une enfant à l'époque, ajouta-t-elle en détournant les yeux.

– Mais vous vous êtes souvenue de moi autant que d'Apollon... et six ans plus tard, vous avez, en me revoyant...

– C'était tellement inattendu, dit-elle avec un

petit rire gêné... Bon, je crois que je vais regagner ma cabine pour me recoiffer.

Elle esquissa un mouvement pour se lever, mais son envie de prolonger encore ce moment luttait contre elle. Cependant, le silence qui s'installait entre eux devenait embarrassant.

– Où donc est votre dame d'honneur? demanda Hugo comme s'il réalisait à l'instant qu'ils se trouvaient seuls.

– Elle a souffert du mal de mer toute la nuit et était encore trop malade ce matin pour quitter sa cabine.

– L'empoisonnant personnage! pesta Chevelry. Elle devrait être près de vous, ne pas vous laisser seule!

– Oh! cela ne me gêne pas... bien que je me sois beaucoup ennuyée en déjeunant toute seule...

– Je serais descendu pour vous tenir compagnie si j'avais pu deviner! s'écria Hugo dans un élan... Mais non! Ce n'aurait pas été correct. Nous ne pouvons pas prendre un repas ensemble sans chaperon.

– Dois-je comprendre que je devrai également dîner en solitaire?

– Vous savez bien que ce serait contraire à tous les usages si... vous et moi..., commenta-t-il sans grande conviction.

– Qui le saura? Et au diable les usages! Pour l'instant, nous n'avons pas à obéir aux autorités que nous avons laissées derrière nous en Angleterre ni à celles qui nous attendent de l'autre côté de la Manche. A nous d'édicter nos propres lois!

– Je suis ici pour vous protéger, lady Camilla, et non pour compromettre votre réputation...

– Serais-je irrémédiablement compromise si je vous conviais à dîner?

– La sagesse me conseillerait de décliner une telle invitation...

– Et si c'était un ordre, capitaine? Vous m'avez dit que d'ici à quelques jours je disposerai d'une autorité quasi royale. Bien sûr, je ne peux rien imposer à un sujet britannique mais d'autre part, celui-ci, en tant qu'hôte d'une puissance étrangère, a-t-il le droit de m'opposer un refus?

Le jeune homme eut un sourire qui, cette fois, n'était ni cynique ni de commande.

– Je vois que vous saurez obtenir ce que vous voulez dans la vie. C'est très bien, Votre Altesse, ordonnez, je vous obéirai.

– Je préfère vous prier, dit-elle avec une gentillesse teintée d'un peu de coquetterie. Le capitaine Chevelry, ancien propriétaire d'Apollon, acceptera-t-il de dîner en ma compagnie?

Sans qu'elle le veuille, sa voix avait pris une inflexion grave, pressante presque; leurs regards se rencontrèrent et, une seconde, Camilla eut l'impression que le tangage du bateau, en s'accentuant, lui donnait un peu le vertige...

– Je commets là une sottise, j'en suis convaincu, répondit Hugo qui s'efforçait de maintenir le ton du badinage, mais j'accepte avec le plus grand plaisir l'invitation... de Votre Altesse.

Camilla se leva pour regagner sa cabine et constata que ses jambes flageolaient. Elle aurait certainement perdu l'équilibre si son chevalier d'honneur ne l'avait retenue en la saisissant dans ses bras. Elle appuya sa tête un instant sur la poitrine du jeune homme et masqua leur double gêne en feignant de s'amuser de s'être montrée si maladroite.

Leurs yeux ne se quittaient pas et, incapables l'un comme l'autre de prononcer un mot ou de bouger, ils avaient conscience du trouble indéfinissable qui se glissait entre eux.

Camilla fut la première à se ressaisir.

– Il faut que... que je m'en aille..., murmura-t-elle.

Rentrée dans sa cabine, elle se jeta sur sa couchette. Pendant une heure, elle eut la sensation que la tempête redoublait de violence, puis qu'elle s'apaisait un peu. Lorsqu'on vint frapper à sa porte pour lui annoncer que le dîner était servi, elle avait pu, avec l'aide de Rose, se changer et se recoiffer.

Elle se regarda dans son miroir et ne fut pas mécontente du reflet qu'il lui renvoya : la robe de mousseline blanche ornée de roses qu'elle avait fait déballer par sa soubrette mettait sa blondeur en valeur. Après avoir drapé autour de ses épaules une écharpe de brocart, Camilla jugea qu'elle avait peut-être une chance de retrouver dans le regard de son compagnon de table la lueur d'admiration qu'elle y avait déjà entrevue.

Cependant, ce fut avec une lippe dédaigneuse et presque un air courroucé que Chevelry l'accueillit lorsque, un instant plus tard, elle pénétra dans le salon. Comme malgré lui, son expression maussade changea devant l'apparition de la jeune fille mais il se contenta de s'incliner en claquant des talons.

Par dérision, Camilla voulut répondre à son salut par une révérence, mais le mouvement du bateau, encore une fois, la fit tituber. Ils ne purent garder leur sérieux et se mirent à rire. Dieu merci, la glace était rompue!

– Comment cela se passe-t-il sur le pont? s'informa-t-elle. Je mourais d'envie de monter y jeter un coup d'œil mais je n'ai pas osé enfreindre la défense du commandant... et encore moins la vôtre.

– Le vent est en train de tomber. Je pense que tout sera calme d'ici demain matin.

– Tiens! Je croyais que nous arrivions ce soir...

– Les vents nous ont poussés à plusieurs miles de la côte, expliqua Hugo. Aussi le commandant a-t-il décidé de ralentir la vitesse pour ne jeter l'ancre qu'à l'aube. Dès votre réveil demain, vous pourrez poser le pied sur le continent.

Ils s'installèrent à la table où leur couvert était dressé et, tout au long du dîner délicieux, devisèrent gaiement de choses et d'autres : les années du jeune capitaine dans l'armée, les prouesses du merveilleux Apollon, la carrière de Jarvis dans la Royal Navy. Camilla raconta des anecdotes amusantes qui réjouirent son convive mais lorsque, le repas achevé, les serveurs se retirèrent, un silence embarrassé s'installa entre eux.

– C'est la première fois que je dîne seule en compagnie d'un homme, avoua soudain Camilla, perdue dans ses pensées. C'est beaucoup plus facile de bavarder en tête à tête avec quelqu'un que de tenir une conversation avec dix personnes.

– Cela dépend du quelqu'un, ne croyez-vous pas?

– Sans doute, oui... mais comme ceci est ma première expérience, il m'est difficile d'en juger.

– Il ne faudra parler à personne de ce dîner contraire au protocole, lui conseilla Chevelry. Il est essentiel que votre conduite ne prête jamais à la moindre critique.

– Voilà une pensée bien déprimante, soupira-t-elle. Désormais dans ma vie, où que j'aille et quoi que je fasse, je serai toujours entourée de gens qui m'observeront... Ah! si seulement j'avais pu ne pas sortir de mon coin et rester une personne effacée et sans importance!

– Il ne tenait qu'à vous...

Quelque chose avait changé dans la voix d'Hugo : elle le sentit de nouveau monté contre elle et faillit en pleurer de rage.

– Ce que nous disons là me rappelle, ajouta-t-il sèchement, que j'ai un paquet à vous remettre. Je suis impardonnable d'avoir tardé à m'exécuter.

– Un paquet? Pour moi? s'étonna la jeune fille.

– Il m'a été remis par le commandant à votre intention hier soir mais avec la tempête, pardonnez-moi, je n'y ai plus pensé...

Chevelry se leva et sortit d'un tiroir un colis surchargé de cachets de cire. Après l'avoir posé sur les genoux de Camilla, le jeune homme se rassit et reprit en main son verre de brandy.

Après quelques secondes d'examen, la jeune fille tenta de briser les sceaux qui maintenaient le cartonnage mais ses doigts menus n'avaient pas la force nécessaire. Après une nouvelle et vaine tentative, elle le tendit au capitaine qui n'avait pas esquissé le moindre geste pour l'aider.

– Pouvez-vous le faire pour moi, demanda-t-elle, ou faut-il que j'appelle un steward?

D'un geste qu'elle jugea inutilement brutal, il libéra de son emballage un très grand écrin de cuir bleu clair frappé d'une couronne et, avec une déférence ironique, le lui mit dans les mains.

Mal à l'aise à cause du regard de Chevelry qu'elle sentait braqué sur elle, la jeune fille souleva le couvercle et poussa un léger cri de surprise mêlée d'admiration. Le coffret renfermait, étalé sur son coussin de satin crème, le diadème princier qu'accompagnaient un magnifique collier de diamants et rubis ainsi qu'une paire de boucles d'oreilles et un bracelet assortis. Sur une carte épinglée à l'intérieur du couvercle, on pouvait lire : « A ma fiancée, Hedwig de Meldenstein. »

– Jolies babioles! commenta Chevelry avant que la jeune fille ait pu placer un mot. Elles contribueront à l'agrément de vos jours futurs. Je suppose qu'avec toutes ces pierres précieuses, vous abandonnerez vite votre rêve de parcourir les océans. Il est certain que des réalités aussi substantielles sont préférables aux vaines fantasmagories de l'imagination.

Camilla referma l'écrin avec brusquerie. Les mots écrits par son fiancé lui paraissaient un bien piètre message pour souhaiter la bienvenue à une future épouse. Le prince aurait pu y ajouter quelques phrases un peu tendres, lui dire, par exemple, qu'il était impatient de la connaître. Elle se sentit frissonner.

– Ne voulez-vous pas les essayer? demanda le capitaine avec un ricanement. Une femme résiste peu au plaisir de se voir parée de joyaux.

– Je n'aime pas particulièrement les bijoux, trancha-t-elle. N'y avait-il rien d'autre avec?

– Rien d'autre? Pourquoi? Ne trouvez-vous pas que c'est suffisant?

– Je pensais que le commandant vous avait peut-être remis une lettre accompagnant ce cadeau.

Après une longue minute de silence, Hugo se pencha vers la chaise de son interlocutrice pour lui parler presque à l'oreille.

– Camilla, dit-il d'une voix grave sans que ni l'un ni l'autre ne remarque qu'il venait d'appeler la future princesse par son prénom, pourquoi accomplir cette chose insensée? Vous n'êtes pas faite pour l'existence que vous avez choisie. Vous êtes trop jeune, trop sensible, trop vulnérable. Ressaisissez-vous avant qu'il soit trop tard! Si vous le désirez, je puis ordonner que ce yacht retraverse la Manche. J'inventerai un prétexte, j'alléguerai que vous êtes malade et devez absolument rentrer en Angleterre. Mais je vous en prie, renoncez à un destin qui ne saurait être le vôtre, vous le savez bien!

Camilla le regardait, médusée. Cet homme venait de lire dans son cœur et il y avait découvert l'angoisse et l'appréhension qu'elle tentait de se cacher à elle-même. Dans un effort qui lui coûtait, elle détourna les yeux.

– Non... non... Je ne peux pas revenir en arrière, avoua-t-elle dans un souffle. Les choses doivent se dérouler... comme prévu.

– Mais c'est une folie, rien ne vous force à la commettre! insista Hugo. Il n'est pas encore trop tard, Camilla, mais demain matin vous ne pourrez plus revenir en arrière! Ordonnez-moi de vous ramener, je trouverai bien une raison... ordonnez-le-moi seulement!

La jeune fille songeait à tout lui confier, à lui donner l'explication qu'il brûlait de connaître, à suivre son conseil, à retourner au foyer de son enfance où elle avait été si heureuse! Mais soudain, l'image de ses parents se présenta à ses yeux, ses parents qu'elle seule pouvait sauver des horreurs de la misère et de la prison pour dettes...

– Je... je ne peux pas..., murmura-t-elle d'une voix à peine audible. Il me faut... aller jusqu'au bout.

– Mais pourquoi? Pour quel motif? La pressa-t-il avec une ardeur passionnée. Est-il pensable que la puissance, la fortune, le titre de princesse aient tant d'attrait pour vous? Vous vivez déjà dans l'opulence. Vous faut-il davantage?

Camilla entrouvrit les lèvres pour crier la vérité, mais elle se ravisa aussitôt... Avait-elle le droit, en disant la vérité, d'abattre la façade que lord Lambourn avait élevée pour préserver sa dignité, de révéler l'état de quasi-mendicité dans lequel il était tombé? Avait-elle aussi le droit, en refusant ce mariage, de priver sa mère des soins dont elle avait tant besoin pour recouvrer la santé? L'affront que leur fille ferait à la cour de Meldenstein en refusant de porter la couronne n'aurait-il pas pour première conséquence un surcroît d'humiliations et de difficultés pour les siens?

– Non! s'écria-t-elle en se dressant de toute sa hauteur, je vous interdis de me parler ainsi. J'ai fait mon choix! J'irai à Meldenstein et nulle part ailleurs, et... j'épouserai le prince!

En se levant, elle avait fait tomber l'écrin qui se trouvait sur ses genoux. Les bijoux se répandirent sur le sol. Camilla y vit un présage de ce que serait désormais sa vie : sous le scintillement des bijoux, un froid de glace, qui éteindrait à jamais son cœur.

Hugo Chevelry se leva à son tour.

– Vous avez choisi, en effet, et ce choix est bien la preuve de votre vraie nature, sagesse et calcul savamment raisonnés. Un instant, les propos que vous teniez à propos des mers enchantées et de vos rêves ont pu m'abuser, mais si jeune que vous soyez, vous êtes déjà semblable à toutes les femmes. La puissance et l'argent avant tout, n'est-ce pas? Je félicite Votre Altesse Sérénissime, elle fera une princesse exemplaire!

L'amertume et l'ironie cinglante du jeune homme blessèrent tant Camilla qu'elle éprouva le sentiment d'un soufflet.

Dans un sanglot qu'elle n'avait pu contenir, elle fit une rapide volte-face et s'enfuit, laissant Hugo interloqué, avec, à ses pieds, les bijoux répandus.

6

Le lendemain matin, lorsqu'elle monta sur le pont, couronnée du grand chapeau en velours marron surmonté de plumes d'autruche orangées qui lui seyait pourtant si bien, Camilla se trouvait laide à faire peur. Pâle et les yeux cernés, elle venait de passer une nuit sans sommeil à pleurer, dans un désespoir où se mêlaient le mal du pays et le regret d'avoir quitté les siens. La jeune fille refusait d'admettre que les propos déplaisants de Hugo Chevelry y fussent pour quelque chose.

Avec bon sens, elle se reprochait de faire une montagne d'un incident sans importance : quelle valeur, après tout, accorder à l'opinion de l'obscur gentilhomme chargé de la mission presque subalterne de veiller sur son confort? Surtout lorsque l'impudent faisait en plus fi de la déférence que ses fonctions lui imposaient?

Le prince n'aurait jamais toléré une telle attitude! Lorsqu'il l'apprendrait... Mais Camilla savait bien qu'elle ne révélerait pas l'incorrection dont cet homme s'était rendu coupable; dorénavant, elle se contenterait d'ignorer l'arrogant capitaine et de répondre à son mépris par le dédain.

Son sens de l'équité soufflait bien à Camilla que son sévère censeur pouvait invoquer des circonstances atténuantes puisqu'il ignorait la détresse financière des Lambourn. Sir Horace n'avait-il pas fait accroire qu'il vivait dans une grande opulence et que ses réceptions valaient bien celles des autres membres de l'aristocratie londonienne?

Non, je ne lui pardonnerai jamais ses paroles hostiles et ses regards haineux! se répétait la jeune fille en montant sur le pont. Néanmoins, elle ne put s'empêcher de ressentir un plaisir indéniable bien qu'elle le jugeât absolument ridicule, en apercevant son « ennemi » qui l'attendait au garde-à-vous dans la coursive.

Pour la première fois, la future princesse le voyait revêtu de l'uniforme de son régiment et elle dut reconnaître qu'avec son dolman rouge, sa culotte blanche et son bicorne à plumes, le jeune officier avait grande allure. Elle-même portait un boléro à brandebourgs assorti au velours marron de son chapeau sur une jupe ourlée de fourrure et du même orange que ses plumes. Tandis que son chevalier d'honneur lui tendait la main pour l'aider à descendre de la passerelle, Camilla ne put s'empêcher de penser qu'ils devaient former un beau couple.

Sur le quai, – la baronne von Furstendruck l'en avait prévenue, – le maire d'Anvers était venu l'accueillir à la tête d'une députation. Il y avait là, entre autres, un pétulant consul britannique qui, se confondant en excuses au sujet de l'absence de son ambassadeur, remit à la fiancée princière un encombrant cadeau de mariage. Camilla le passa, après quelques mots de remerciement, à sa dame d'honneur. De main en main, il termina sa course dans les bras d'une Rose grommelante car déjà encombrée d'une trousse et d'un sac de voyage.

Camilla ne put retenir un léger rire en l'entendant pester avec son accent cockney et comprit, au léger tremblement qui agita la main de Hugo, qu'il s'amusait également.

Comme il fallait s'y attendre, le maire se lança dans un discours fleuri que la jeune fille pensa calqué sur celui qu'elle avait déjà entendu à Douvres; mais elle ne pouvait s'en tenir qu'à des suppositions car la langue flamande lui était inconnue. Puis une petite fille en costume national et sabots s'avança, fit une grande révérence et lui offrit un bouquet. Dans un geste spontané qui provoqua les applaudissements de la foule, Camilla l'embrassa.

Heureuse de produire une impression favorable et de faire ainsi honneur à son pays, elle lança un regard de côté à son mentor. Mais il était sans doute le seul dans l'assistance à ne pas l'admirer. Il opposait un visage fermé, pour ne pas dire renfrogné, aux vivats de la foule. Dépitée malgré la promesse qu'elle s'était faite de ne plus lui accorder la moindre importance, Camilla se troubla en répondant aux compliments de bienvenue du maire et bafouilla quelque peu.

Elle n'en fut pas moins ovationnée et, reprenant le bras de Chevelry, se laissa conduire jusqu'à la voiture qui l'attendait.

C'était assurément le plus beau carrosse qu'elle eût jamais vu, noir et or, les portières frappées des armoiries de la principauté, tiré par quatre superbes chevaux arabes aux têtes emplumées et dont les harnais rutilaient au soleil. Deux cochers en grande livrée et perruques blanches se tenaient à l'avant et deux autres à l'arrière tandis qu'une cohorte de laquais et de piqueurs se répartissaient entre cet équipage et le suivant, presque aussi luxueux, destiné aux caméristes ainsi qu'aux bagages que l'on achevait de charger. Camilla remarqua également un très beau cheval de selle tenu par un groom. Elle comprit qu'il devait être destiné au capitaine et qu'une fois encore, il ne voyagerait pas dans le carrosse.

Tandis qu'elle se préparait à y prendre place, Hugo, pour la première fois de la journée, lui adressa la parole :

– Lorsque vous serez en haut du marchepied vous devriez vous retourner et faire un grand salut à la foule.

Rougissant d'être ainsi chapitrée, Camilla s'exécuta et fut de nouveau longuement acclamée. Après quoi, elle s'assit aux côtés de sa dame d'honneur et le carrosse s'ébranla sans plus attendre. En dépit du chaleureux accueil de la population, la jeune fille ne put s'empêcher de lancer un regard nostalgique vers la mer qui désormais la séparait de l'Angleterre et de ses parents. Quand reverrait-elle le rivage de sa patrie? Cela ne serait sûrement pas de sitôt...

Le carrosse achevait de traverser les pittoresques rues de la ville; il franchit un dernier petit pont au-dessus d'un canal et s'engagea sur la grand-route où les chevaux purent enfin prendre leur galop. Camilla cessa de saluer à la portière et se tourna vers sa compagne de voyage.

– Eh bien, demanda-t-elle, comment vous portez-vous ce matin, baronne?

Elle n'avait fait que l'entrevoir, une demi-heure plus tôt, dans la semi-obscurité de la coursive, et la mine défaite de l'infortunée vieille dame l'effara.

– Mais... vous êtes malade! s'écria-t-elle. Vous n'êtes pas en état de voyager...

– Ça ira mieux, répondit sa compagne d'une voix mourante. Le mal de mer m'a épuisée mais sur la terre ferme, je suis sûre que mes nausées vont s'arrêter.

– Je m'en veux de ne pas avoir pris de vos nouvelles ce matin. J'avais moi-même mal dormi, j'étais en retard et Rose a mis un temps fou à me coiffer. Sinon, nous aurions pris nos dispositions pour que vous ayez une journée de repos...

– Je vous remercie, Votre Grâce, mais il ne saurait être question de changer quoi que ce soit au programme ni de retarder votre arrivée à Meldenstein. Mes malaises vont s'apaiser, j'en suis certaine. Le brandy que le capitaine Chevelry m'a fait prendre m'a déjà remontée. C'est ce qui m'a permis de tenir bon depuis le débarquement.

Le visage défait, le teint d'une pâleur inquiétante, les yeux fermés et le souffle court, la malheureuse paraissait avoir vieilli de dix ans. Camilla se demanda si elle ne devait pas passer outre aux protestations de Mme von Furstendruck en ordonnant une halte. Elle chercha des yeux Hugo pour le consulter à ce sujet, mais elle ne l'aperçut pas parmi les autres cavaliers de l'escorte. Une fois encore, il avait pris les devants pour préparer les relais.

Quelle inconséquence! se dit-elle avec irritation. Mais en réfléchissant, elle conclut qu'il aurait difficilement pu modifier le déroulement du voyage car elle se souvenait du programme précis que lui avait remis sa soubrette en lui apportant au lit son petit déjeuner :

» 9 h 5 : débarquement à Anvers : réception par le maire de la ville et les échevins.

» 9 h 30 : départ pour Zurneguen où un déjeuner sera servi à l'hostellerie du *Cygne couronné.*

En prenant connaissance de l'itinéraire, Camilla avait remarqué avec plaisir que l'étape pour la nuit était prévue dans une auberge, donc sans protocole.

– Fräulein Abigaïl, lui avait dit Rose, m'a prévenue qu'il ne fallait pas nous attendre à un grand confort, mais vraiment, Votre Grâce, cette gouvernante n'est qu'une vieille fille grincheuse et qui se plaint de tout. A l'entendre, tout ce qui ne ressemble pas à un château comme celui de sa chère patronne ne vaut guère mieux qu'une soue à cochons !

– Eh bien, elle se réjouira demain, soupira la jeune fille, puisque c'est, hélas ! dans une résidence princière que nous serons reçus. Ce sera exténuant après une journée entière en voiture !

– D'autant plus, milady, que ce margrave dont je ne parviens pas à retenir le nom a convié toutes les notabilités de la région à une grande réception en votre honneur. Toujours d'après Abigaïl, son palais serait presque aussi beau que celui de Meldenstein !

– Que vous a-t-elle dit d'autre au sujet de Meldenstein ?

– Oh ! monts et merveilles ! Mais je ne la crois pas

car Master Harpen, en revanche, m'a affirmé qu'il fallait beaucoup en rabattre.

– Et qui donc est Master Harpen, je vous prie?

– Le valet du capitaine Chevelry, Votre Grâce. Un garçon très bien qui ne se laisse pas impressionner par tous ces hobereaux étrangers. Il m'a même dit que c'était dommage de voir un beau fleuron de l'Angleterre comme vous en épouser un... Oh!

La soubrette avait porté la main à sa bouche dans un geste contrit.

– Pardonnez-moi, milady, ma mère m'a toujours reproché d'avoir la langue trop bien pendue. Je n'aurais pas dû vous répéter cela!

– Il ne faut pas craindre de tout me dire, Rose, la rassura sa maîtresse. C'est dans ce but que j'ai exigé votre présence auprès de moi. Je voulais pouvoir échanger avec une personne franche et sincère toutes les idées qui me passent par la tête sans qu'elles soient répétées en haut lieu. Alors, qu'est-ce que ce Master Harpen vous a encore raconté au sujet de Meldenstein ?

– Eh bien, que le peuple était cordial et gentil, que la princesse mère était une grande dame douée d'un réel génie politique... Mais, évidemment, elle est anglaise et Master Harpen pense que tout ce qui est anglais est la perfection sur terre...

– Et le prince Hedwig, ne vous en a-t-il pas parlé?

Camilla n'avait pu se retenir de poser la question. Elle se souvenait pourtant des remontrances de sa mère qui avait horreur des commérages avec les domestiques mais elle considérait Rose presque comme une amie. L'air embarrassé de celle-ci la surprit.

– Master Harpen n'en a pas beaucoup parlé, il n'a guère eu l'occasion de rencontrer Son Altesse Sérénissime. A vrai dire, reprit la jeune domestique apparemment pressée de changer de sujet, c'est surtout de son maître qu'il parle. Il dit que le capitaine s'est comporté en héros pendant la guerre d'Espagne et...

– Achevez de m'habiller, Rose, la coupa la future princesse. Je ne dois pas faire attendre le maire.

– J'ai regardé par le hublot, Votre Grâce. Le maire est entouré par une foule! A croire que toute la province s'est déplacée pour vous voir! Qu'est-ce que ce sera quand nous entrerons dans la principauté!

– Oh! les gens sont toujours curieux de voir une mariée! On n'y peut rien...

– Surtout une mariée comme vous! Attendue comme le Messie pour consolider la dynastie et donner un héritier à la Couronne!

Camilla avait maîtrisé le soupir qui lui montait aux lèvres. Il lui était pénible de songer aux obligations que comportait cette perspective... Pour le moment, elle devait se préoccuper de faire honneur à sa réputation pour sa première apparition en terre étrangère, mais elle ne pouvait s'empêcher de penser aussi à ce qui serait arrivé si, la veille, elle avait tenu compte de la suggestion de Hugo Chevelry et ordonné au commandant du yacht de faire demi-tour.

– Vous êtes une vraie beauté, milady, avait dit Rose, béate d'admiration, en la regardant enfiler ses longs gants. Allez, maintenant. Le capitaine m'a beaucoup recommandé de veiller à ce que vous ne soyez jamais en retard sur l'horaire.

Bien sûr! avait songé Camilla. Il doit être pressé d'arriver à destination et de se débarrasser de sa « marchandise » et de ses responsabilités...

Mais contrairement à ses résolutions nocturnes, la certitude de ne plus jamais, par la suite, revoir le capitaine ne la comblait pas autant qu'elle l'aurait cru...

A présent, dans son carrosse, aux côtés de la baronne malade, Camilla renchérissait sur l'inconséquence de son chevalier d'honneur. Elle était tentée de faire arrêter l'équipage et de contraindre ainsi Hugo à se morfondre d'inquiétude. Mais en pensant que la pauvre baronne serait blâmée pour cette entorse au programme et qu'elle en serait au désespoir, elle renonça à cette idée.

Camilla se remit en mémoire les anecdotes que ses parents lui avaient rapportées sur les cours royales ou princières auprès desquelles ils avaient été accrédités : quel que soit leur sexe, les personnes qui appartenaient au service d'honneur restaient debout, stoïques, durant les interminables heures des cérémonies officielles. Elles s'évanouissaient parfois de fatigue mais, sitôt ranimées, elles réoccupaient leur place à leur rang, comme si de rien n'était.

– Mais c'est inhumain! s'était écriée la jeune fille.

– En dépit des vicissitudes de cet esclavage doré, avait soupiré lady Lambourn, tous ces gens titrés, quel que soit leur âge, se feraient hacher menu plutôt que d'abandonner leurs fonctions dans l'entourage d'une tête couronnée. A croire que, chez eux, royauté se confond avec divinité!

– Mais il n'en est pas de même en Angleterre, n'est-ce pas, maman?

Sir Horace avait pris la parole pour lui répondre.

– Dieu merci, non! Et pourtant, si on tenait compte de l'importance des territoires... Je me souviens, poursuivit-il, amusé, que dans une des principautés balkaniques où j'allais présenter mes lettres de créance, je fus intercepté par un chambellan qui tint à me préciser combien de courbettes j'aurais à faire devant son maître, et, à mon départ, combien de pas à reculons. Excédé, je lui lançai : Dites-moi, Excellence, je suppose que si, en se rasseyant sur son trône, votre prince se sentait durement piqué quelque part, il se relèverait en criant : « Aïe! » comme tout le monde, non?

– Et que vous a répondu cet homme! avait demandé Camilla en riant.

– Il était fort courroucé et m'a menacé de se plaindre de moi à la cour de Saint-James. Mais finalement, il s'en est abstenu, par crainte du ridicule, je pense...

Camilla faillit raconter l'anecdote à sa dame d'honneur mais elle jugea que celle-ci n'avait pas suffisamment le sens de l'humour pour l'apprécier et que son respect de l'étiquette en serait au contraire choqué.

– Puis-je quelque chose pour vous? demanda-t-elle en définitive.

– C'est ma tête! gémit la malheureuse. J'ai l'impression qu'elle est près d'éclater. Les secousses de ce carrosse m'incommodent presque autant que le tangage du bateau...

La voyant sur le point de perdre connaissance,

Camilla la poussa à s'étendre sur toute la longueur de la banquette. Elle prit place sur le siège opposé et, humectant son mouchoir avec le contenu d'un flacon d'eau de lavande que Rose avait eu le soin de glisser dans son réticule, elle l'appliqua sur le front de la malade. La baronne s'endormit assez vite et Camilla put de nouveau se plonger dans ses pensées, tout en contemplant le paysage. En dépit de la poussière soulevée par les chevaux de l'escorte, elle garda les vitres ouvertes pour profiter de la fraîcheur matinale.

Lorque le carrosse atteignit l'auberge où le déjeuner avait été prévu, Chevelry se tenait sur le pas de la porte, montre en main, mécontent du retard pris sur l'horaire. Mais quand il eut constaté l'état lamentable de la baronne, il changea d'attitude et aida à transporter la malheureuse femme dans une chambre au premier étage. Dès qu'elle fut étendue, débarrassée de son chapeau, de son manteau et de ses souliers, Hugo lui fit avaler un remontant et la pressa de prendre un peu de nourriture.

– Vous vous sentirez mieux, je vous le promets, dès que vous aurez mangé quelque chose. Faites un effort, sinon vos malaises ne feront qu'empirer.

Comme la malade ne répondait que par des soupirs, Camilla s'approcha pour l'exhorter à son tour.

– Je vais rester auprès de vous, suggéra-t-elle.

– Non, non, répondit la baronne en agitant la tête, je préfère rester seule avec Abigaïl. Descendez déjeuner, Votre Grâce, et pardonnez-moi ce manquement dont, j'espère, personne ne saura rien. Je me sens incapable de remplir mes fonctions auprès de vous aujourd'hui...

Chevelry conduisit Camilla désormais confiée à sa seule garde jusqu'à une salle à manger privée où le couvert avait été dressé.

– Je me fais du souci pour la baronne qui n'est certainement pas en état de poursuivre le voyage, dit la jeune fille. Il faut nous arrêter ici quelques heures, le temps pour elle de se remettre.

– Vous savez bien que c'est impossible. Vous êtes attendue à des heures précises et en différents endroits par des gens que vous ne pouvez décevoir.

– Mais c'est une torture de faire souffrir ainsi une femme de cet âge!

– Qu'y puis-je? J'ai reçu des instructions de votre future belle-mère. Je dois m'y conformer. Des chevaux des écuries princières ont été envoyés à tous les relais pour que vous ne passiez pas plus de deux nuits en route. L'heure même de votre joyeuse entrée dans la capitale est fixée à la minute près.

– Vous serez bien avancé si je fais cette « joyeuse » entrée avec une morte à mes côtés! s'exclama-t-elle avec colère.

– Personne encore n'est mort du mal de mer! répondit-il sur le même ton.

– Elle sera peut-être la première!

Ce disant, elle s'aperçut que cette prise de bec ressemblait à une querelle d'enfants et se radoucit.

– Ne nous disputons pas, ajouta-t-elle. Je suis réellement inquiète pour cette pauvre femme.

– Et moi je le suis pour vous, pour votre réputation. Quel effet déplorable si vous n'arriviez pas à l'heure prévue et quels commentaires malveillants votre retard susciterait! Songez-y!

Elle comprit qu'il faisait allusion à leur situation somme toute, irrégulière, puisque aucun chaperon ne les accompagnait.

– On aurait dû m'envoyer pour duègne une de ces grosses Allemandes solides comme des percherons au lieu de cette mauviette évanescente, plaisanta-t-elle.

Il ne tarda pas à succomber à l'envie de rire contre laquelle il luttait.

– Vous êtes une incorrigible humoriste, murmura-t-il, mais je reconnais qu'en effet leur choix n'a pas été très heureux...

– Quel est le programme pour aujourd'hui? demanda la jeune fille, reprenant son sérieux.

– Je pensais que nous atteindrions l'étape vers cinq heures mais si l'état de la baronne nous force à ralentir l'allure, il faudra compter plusieurs heures de route supplémentaires. Je crains que vous n'arriviez fourbue.

– Qu'importe! Ce sera mieux ainsi. Mme von Furstendruck voyagera étendue sur la banquette et je prendrai soin d'elle; pour mieux la caler, peut-être pourriez-vous obtenir de l'aubergiste un ou deux coussins. Je lui donnerai également une cuillerée de laudanum pour la faire dormir.

– Bonne idée! Souhaitons qu'elle aille mieux demain car alors nous arriverons à l'heure pour la réception de votre hôte princier, le margrave de Wonsterbalden.

– Ah! c'est son nom? Je comprends que ma camériste ait eu du mal à le retenir...

Sur ces entrefaites, on présenta le premier mets

du déjeuner. Comme à regret, Hugo s'installa en face de Camilla pour ce nouveau repas en tête à tête.

– J'espère que cette nouvelle entorse au protocole ne m'attirera pas les foudres du prince. Car elle lui sera rapportée, n'en doutez point.

– Tout est toujours rapporté, je le sais.

Les deux convives firent honneur au menu. A la fin du repas, le capitaine qui paraissait songeur finit par dire :

– Vous semblez lasse. Cela m'ennuie de vous voir supporter toutes ces fatigues avant même que ne commencent vos obligations officielles.

– Ce n'est pas vraiment de la fatigue. J'ai seulement mal dormi la nuit dernière, avoua-t-elle en détournant les yeux.

– Moi aussi, très mal, répondit Hugo contre toute attente. Au point que je suis monté sur le pont pour assister à notre entrée dans le port. La manœuvre n'était guère facile car la tempête continuait à gonfler nos voiles. Mais le commandant et son équipage se sont montrés à la hauteur...

Chevelry marqua une pause et, comme s'il n'avait parlé jusque-là que pour en arriver à l'essentiel, il se pencha par-dessus la table pour ajouter :

– Je vous supplie de me pardonner les propos déplacés que je vous ai tenus hier soir. C'était impardonnable et je suis sans excuse...

Il avait parlé d'une voix sourde et, dans les phrases conventionnelles, Camilla perçut une sorte d'émotion difficilement contenue. Ses yeux ne révélaient, cette fois, ni cynisme ni dédain. Leurs regards s'accrochèrent longuement et Camilla, dans une prière muette, demanda au jeune homme de ne plus être son ennemi... Hugo semblait sur le point d'acquiescer en silence lorsqu'il se leva avec brusquerie.

– Je vous demande la permission de me retirer, dit-il. Je dois surveiller le changement des chevaux et m'assurer que vous voyagerez confortablement.

Il quitta la pièce sans se retourner, laissant sa compagne de table interdite : elle avait la certitude qu'il venait d'inventer un prétexte pour la quitter. Elle ébaucha un geste inconscient pour le retenir en même temps qu'elle murmurait son nom... Mais Chevelry était déjà loin et elle constata qu'il n'avait pas même achevé de boire le brandy qu'on lui avait servi. Après avoir vainement attendu un moment, dans l'espoir de le voir revenir, elle quitta la pièce.

Elle trouva la baronne en meilleur état : Hugo avait été de bon conseil. D'avoir mangé un peu lui avait rendu des couleurs. Bien qu'elle se plaignît encore de vertiges, on n'eut pas grand mal à la lever et l'étendre sur des coussins dans la voiture. Camilla lui fit avaler une nouvelle cuillerée de laudanum qui eut pour effet de la faire sombrer dans un sommeil immédiat et, fouette cocher! l'équipage repartit.

Sur l'autre banquette, la jeune voyageuse, le visage doré par les rayons du soleil, humait le bon air frais en laissant divaguer ses pensées...

L'après-midi s'écoula avec une lenteur désespérante. Chevelry avait dû ordonner aux cochers de ralentir leur allure. Ordre bien inutile car la baronne, profondément endormie sous la luxueuse couverture de fourrure prévue pour la fiancée princière ne pouvait ressentir la moindre secousse. Camilla songea que sa situation pour le moins comique avait de quoi stupéfier les gens de Meldenstein : leur future souveraine prodiguant ses soins à celle qui était censée la servir...

Vers 7 heures, le carrosse fit enfin son entrée dans la cour de l'auberge où il était attendu. Depuis Anvers, il avait traversé un paysage plat, monotone, auquel avait succédé depuis peu une contrée plus boisée. Le relais prévu était une hostellerie datant assurément de plus d'un siècle et, au milieu des futaies qui l'entouraient, elle donnait une impression de confort et d'intimité.

Réveiller l'infortunée dame d'honneur, plus prostrée que jamais sous l'empire du soporifique se révéla difficile. Abigaïl fut chargée de la mettre au lit. Une fois de plus, Camilla se retrouvait seule avec Chevelry.

– Je pense, dit aussitôt celui-ci, qu'il vaudrait mieux qu'on ne nous voie pas dîner à nouveau ensemble. Si vous le voulez bien, je ferai monter à Votre Grâce un repas dans sa chambre.

– Nous avons déjà déjeuné de compagnie sans provoquer de commentaires fâcheux, que je sache !

– Vis-à-vis des gens de l'escorte, il serait préférable de ne pas récidiver, croyez-moi. D'ailleurs tout me porte à croire que vous vous passerez aisément de ma présence...

Surprise de cette remarque, Camilla se dit qu'il n'y avait pas grand-chose à répondre. Elle gagna sa chambre avec un sentiment de déception.

Elle n'avait pas besoin de s'habiller pour dîner seule. Aussi endossa-t-elle sa toilette de nuit, un ravissant déshabillé de fine dentelle. Rose lui avait monté un succulent en-cas mais sa maîtresse n'y fit guère honneur : elle ne se sentait pas d'appétit et ne pouvait s'empêcher d'évoquer les deux repas précédents qui avaient débuté de façon animée avant de se terminer en querelle. La jeune fille était attristée à l'idée de ne plus jamais retrouver l'occasion d'un tête-à-tête avec Hugo Chevelry, ni d'ailleurs avec aucun autre homme que son mari.

Elle se sentit fatiguée et se coucha, renvoyant Rose qui remporta les reliefs presque intacts de son repas.

– Votre Grâce aura-t-elle besoin de mes services plus tard ? s'enquit la camériste.

– Non, non, allez vous-même souper et vous coucher. Où êtes-vous logée ?

– Dans l'autre aile, milady, et trop loin, j'en ai peur, pour vous entendre sonner si l'envie vous en prenait.

– Il n'importe, je n'aurai besoin de rien avant demain matin. Venez me réveiller à 7 heures.

– Très bien, milady. En tout cas, la chambre de la baronne se trouve à votre droite et celle du capitaine à votre gauche. Vous êtes bien protégée.

– De quelle protection aurais-je besoin dans ce pittoresque village ? fit Camilla en riant.

– Fort pittoresque, en effet, paraît-il, et si Votre Grâce le permet... Master Harpen m'a proposé de m'y emmener faire un tour... A moins que vous ne me l'interdisiez, j'aurais bien accepté...

– Je ne vous interdis rien du tout, ma bonne Rose. Allez vous distraire, tant que nous en avons encore la possibilité...

Les joues roses de plaisir, la soubrette remercia Camilla et disparut prestement tandis que sa maîtresse, après avoir lu un moment, puis dit ses prières, se décidait à souffler sa bougie.

Après avoir somnolé un moment, elle sortit de son assoupissement, presque certaine de ne pas réussir à trouver le sommeil sur une couche aussi dure. Elle se souvint que sa mère lui avait raconté avoir souvent réclamé édredons et coussins de plumes pour pallier cet inconvénient, très courant dans les auberges.

Constatant que, dans son immense lit, deux traversins et autant d'oreillers s'entassaient sous sa nuque, Camilla déplaça les polochons et s'installa dessus au milieu du matelas. Plus confortablement installée, elle n'en trouva pas le sommeil pour autant.

Rose avait laissé les rideaux grands ouverts. Sa maîtresse avait pris cette habitude à Lambourn House, car elle aimait être réveillée le matin par les premiers rayons de soleil. Par la fenêtre entrouverte, Camilla face à son alcôve, vit soudain apparaître le pâle croissant de la lune. Superstitieuse, elle sursauta : depuis son enfance, on l'avait persuadée qu'il était de mauvais augure d'apercevoir la lune à travers une vitre!

Un peu honteuse de succomber à de si puériles pensées, elle tourna la tête sept fois de suite, comme autrefois le lui recommandait sa nourrice et sauta de son lit pour aller placer une pièce d'or dans la paume de sa main et faire un vœu. Bien sûr, elle trouvait ces pratiques ridicules mais elle s'y livra quand même en pensant que, vu les circonstances, elle ne devait négliger aucun porte-bonheur s'il pouvait lui éviter le pire.

Elle n'avait pas eu besoin de rallumer sa bougie

pour aller fouiller dans son réticule car la clarté lunaire éclairait suffisamment sa chambre. Enfermant la pièce d'or dans sa main, elle refit ses sept mouvements de tête et murmura avec ferveur :

– Porte-moi bonheur, porte-moi bonheur et chance! J'en ai tant besoin!

Après avoir remis la guinée dans son sac et celui-ci sur la coiffeuse, Camilla eut envie de boire. Peut-être était-ce la soif qui l'empêchait de s'endormir? Le pot à eau et sa cuvette reposaient sur une plaque de marbre dans un recoin plus sombre de la chambre mais elle n'eut aucun mal à le trouver, ainsi que le verre.

Comme elle s'apprêtait à le porter à ses lèvres, elle eut l'impression qu'une ombre venait voiler la pâle clarté des étoiles. Se retournant, elle resta paralysée de saisissement : une silhouette d'homme s'était encadrée dans sa fenêtre!

Incapable de faire un mouvement ou d'émettre le moindre son, Camilla vit l'ombre furtive se glisser dans la pièce et avancer sans bruit jusqu'à son lit. Là, l'inconnu leva le bras. Il brandissait une arme – un poignard d'argent sûrement car elle vit un trait de lumière scintiller, vif comme un éclair. De toute sa force, l'homme abaissa son poignard tandis que le verre d'eau, échappant aux mains tremblantes de la jeune fille, s'écrasait avec fracas sur le sol.

L'intrus, d'un bond foudroyant, regagna la fenêtre, l'escalada et disparut.

Camilla ouvrit à plusieurs reprises la bouche pour crier, mais en vain. Sa voix s'était étranglée dans sa gorge.

pour aller fouiller dans son réticule car la clarté [illegible] éclairait suffisamment sa chambre. Entre-[illegible] dans sa main, elle retint ses sept [illegible] de tête et murmura avec ferveur :

— Fortunato, bonheur, porte-moi bonheur et chance. J'en ai tant besoin.

[illegible] la garder dans son sac et [illegible] sur la coiffeuse. [illegible] entre deux [illegible] ce [illegible] qui l'empêchait de [illegible]. Le pot à tabac et sa cuvette reposaient sur [illegible] plus sombre de la chambre mais elle n'eut aucun mal à le trouver [illegible].

[illegible] la porte à [illegible] [illegible] venait voler la [illegible] se retourna [illegible] une silhouette d'homme [illegible] dans la [illegible].

[illegible] un mouvement de [illegible] le [illegible] car elle vit l'ombre [illegible] dans la [illegible] sans [illegible] [illegible] le [illegible] [illegible] [illegible] car elle vit un [illegible] de [illegible] comme un éclair. De [illegible] [illegible] qui [illegible] échappant aux mains tremblantes de [illegible].

[illegible] [illegible] à l'[illegible] et [illegible].

[illegible] [illegible] le [illegible] [illegible] était étranglé dans sa gorge.

7

Camilla demeurait clouée sur place, incapable d'appeler à l'aide. Terrorisée, elle gagna d'un pas de somnambule, la porte de sa chambre et se précipita dans le couloir. A tâtons et au hasard, elle poussa la première porte venue.

Eclairé par deux bougies brûlant dans un candélabre, assis devant un secrétaire, Hugo Chevelry songeait, le menton posé sur son poing. Il avait ôté sa veste d'uniforme et son torse était moulé dans une chemise blanche largement échancrée sur le cou.

Il se retourna et, à la vue de sa visiteuse, bondit sur ses jambes.

– Camilla! Mais que se passe-t-il?

– Un... un homme... dans ma chambre..., parvint-elle à balbutier.

Le jeune officier saisit un pistolet posé au chevet de son lit, prit dans son autre main le candélabre et se dirigea vers le couloir en commandant :

– Ne bougez pas d'ici.

Son habituelle nonchalance avait disparu; Camilla découvrait un homme d'action qui savait affronter le danger en gardant la tête froide.

– Non! Non! supplia-t-elle, ne me laissez pas seule!

Mais, déjà sorti de la pièce, il pénétrait dans la chambre voisine dont la porte était restée grande ouverte. Terrorisée, Camilla courut le rejoindre.

Son bougeoir brandi, Hugo qui tenait son pistolet braqué, inspectait les lieux avec attention. Il n'y avait plus personne.

– L'homme s'est enfui par où il est venu... expliqua la jeune fille. Par la fenêtre... quand j'ai laissé tomber mon verre d'eau...

Du doigt, elle désignait les débris qui jonchaient le sol. Chevelry alla poser son candélabre sur la table de chevet et elle poussa un cri aigu.

– Regardez! Là!

Il suivit la direction de son doigt. Au milieu du lit, dans le traversin que Camilla avait placé sous les couvertures, une dague avait été plantée jusqu'à la garde.

– On a voulu m'assassiner!

Dans un sentiment d'effroi qui frisait l'hystérie et lui faisait perdre tout contrôle, Camilla se réfugia dans les bras du jeune homme. Elle tremblait de la tête aux pieds.

– Calmez-vous, lui dit-il, le danger est passé.

– Mais ne comprenez-vous pas? On a voulu ma mort! Pourquoi? Qu'ai-je fait?

– Il ne peut s'agir que d'une tragique méprise. Quelqu'un d'autre était visé, peut-être moi.

– Si je ne m'étais pas levée pour aller boire un verre d'eau, cria-t-elle, encore folle de terreur, je serais là, morte!... ou en train de mourir...

Elle eut un sanglot convulsif et se blottit plus près encore de son protecteur. Elle éprouvait une sensation réconfortante de sécurité en s'appuyant contre cet homme, sûre qu'il saurait la défendre si son meurtrier osait revenir.

– Un peu de courage, vous êtes saine et sauve, l'exhorta le jeune officier. Je vous répète que vous avez été victime d'une erreur, voilà tout.

Ces paroles apaisantes chassèrent quelque peu la panique qui s'était emparée de Camilla. Elle se rendit alors compte de la situation : elle était là, à moitié nue sous un déshabillé diaphane, dans les bras d'un homme! D'un homme qui était Hugo Chevelry et dont elle sentait battre le cœur à travers la chemise de fine batiste. Pour la première fois de sa vie, un homme l'enlaçait, et c'était celui qui avait si longtemps hanté ses rêves.

– Excusez-moi! dit-elle dans un murmure tandis qu'il desserrait son étreinte.

Elle saisit la courtepointe brodée tombée au pied du lit et s'en couvrit pendant que le capitaine arrachait le poignard enfoncé dans le traversin.

Ils l'examinèrent ensemble : le manche bizarrement ornementé, la lame longue et acérée, cette arme, assurément, ne pouvait manquer sa victime. A sa vue, le sentiment de terreur de Camilla se réveilla, mais elle avait repris suffisamment de contrôle pour ne pas s'abattre à nouveau contre son compagnon dans un abandon dont elle rougirait de honte.

Cependant, le capitaine tournait et retournait la dague entre ses doigts. Il en examina les détails avec la plus grande attention.

– Curieux bibelot, murmura-t-il. Il y a là des

inscriptions bizarres que je n'arrive pas à déchiffrer.

– Mon agresseur était un Chinois!

La révélation venait de frapper l'esprit de la jeune fille qui décela aussitôt chez Hugo une soudaine tension.

– Pourquoi pensez-vous que c'était un Chinois?

– Parce que j'ai bien distingué sa silhouette. Elle se découpait dans la fenêtre. Cet homme avait une natte qui pendait au bas de sa nuque.

– En êtes-vous certaine? demanda Hugo d'une voix pressante.

– Tout à fait. Pourquoi?

Il parut sur le point de lui apprendre une chose importante mais y renonça, se détournant d'elle pour examiner encore le poignard.

– Pour rien de particulier, assura-t-il.

Tandis qu'il reposait l'arme sur le lit, Camilla comprit qu'il lui cachait la vérité.

– Je vais aller inspecter les environs pour essayer de retrouver les traces qu'a pu laisser cet homme.

– Non! Je vous en prie, ne me laissez pas seule, surtout ici! cria-t-elle, de nouveau effrayée.

– Vous ne serez pas seule, répondit le jeune officier d'une voix qui se voulait apaisante. Je vais quérir votre camériste. Venez avec moi, nous allons la réveiller. Je crois savoir où est sa chambre.

Il était déjà dans le couloir mais Camilla le retint.

– Attendez! Croyez-vous que ce soit la bonne solution?

– Que voulez-vous dire?

– Si nous réveillons Rose et si vous informez l'aubergiste de ce qui s'est passé, songez à l'agitation que cette tentative de meurtre va créer, je peux même dire au scandale... à la veille de mon arrivée à Meldenstein.

– Oui, je n'y avais pas réfléchi, approuva Chevelry en revenant sur ses pas. Vous avez sans doute raison.

– L'individu a entendu le bruit du verre brisé, il a dû penser que quelqu'un d'autre se trouvait dans la chambre et s'est enfui, persuadé d'avoir accompli sa mission.

– C'est possible... bien possible...

– Il venait tout juste de frapper. A-t-il eu le temps de comprendre que son arme n'avait transpercé qu'un traversin? Il a disparu par la fenêtre à une vitesse incroyable! Et dans un tel silence! C'est ce qui était le plus affreux. Il se déplaçait comme un spectre, sans faire le moindre bruit. C'est peut-être cela qui m'a confirmée dans mon impression qu'il s'agissait d'un Chinois. Seuls des Asiatiques me semblent capables de... d'agir ainsi... de ramper en silence comme un fauve s'approchant de sa proie...

– Vos déductions me semblent justes, acquiesça Hugo après une brève méditation. Nous lancer dans une chasse à l'homme ne serait d'aucune utilité. L'assassin ne nous aura pas attendus : il sait que quelqu'un était dans la pièce et que ce quelqu'un l'a vu! Comme vous le suggérez si justement, il peut très bien s'imaginer avoir réussi son coup. D'autre part, mettre toute l'auberge sens dessus dessous avec cette histoire serait, en effet, tout à fait inopportun.

– J'ignorais que je pouvais avoir des ennemis mortels, soupira Camilla avec tristesse.

– Je vous répète que ce n'est sûrement pas vous qu'on cherchait à atteindre! Que pouvons-nous savoir des intrigues et des rancœurs de toutes ces principautés rivales? Il faudra que je me renseigne...

– N'en parlez surtout pas à la baronne! Elle ferait une montagne de l'incident!

– Je m'en garderai bien, approuva le jeune officier. Mais si je pouvais tenir cette crapule entre mes mains...

– N'essayez pas de le retrouver. Si, comme vous m'en avez persuadée, il s'agit d'une erreur, il faut espérer qu'il croit avoir accompli son forfait et qu'il ne s'attaquera pas à une autre victime innocente.

Elle traversa la pièce et alla refermer la fenêtre.

– J'ai sans doute été fautive de laisser la croisée ouverte et les rideaux tirés. Cela lui a certainement facilité les choses. Mais j'ai toujours dormi ainsi et ne puis supporter une atmosphère renfermée.

– La fille élevée à la campagne fait sa réapparition!

Ils se regardèrent en souriant. Drapée dans sa courtepointe, ses cheveux blonds défaits, son visage encore pâli par la peur, Camilla était encore plus belle et plus éclatante de jeunesse que dans ses plus élégants atours.

– Je... je vous admire plus que je ne saurais le dire... pour votre courage, affirma Hugo en butant sur les mots. Je connais tant de femmes qui se seraient évanouies!

– Oh! je ne suis pas si courageuse que ça, je meurs encore de peur et à la seule idée qu'on ait voulu me tuer...

– Personne ne songerait une seconde à vous tuer, vous ! Qui aurait intérêt à vous faire disparaître ?

– Ce pourrait être l'action d'un anarchiste. En ce cas, il frappera à nouveau... peut-être même à l'occasion des fêtes du mariage !

– N'allez pas vous mettre ces idées en tête, dit le capitaine en prenant entre ses mains les petits doigts encore glacés d'effroi. Aucun attentat de ce genre ne s'est jamais produit à Meldenstein. C'est un des Etats les plus tranquilles d'Europe et la famille princière y est aimée de toute la population.

– Mon père m'a souvent parlé des complots anarchistes, insista la jeune fille. Ces gens n'ont ni patrie ni loyauté. Ils tuent pour détruire, sans autre idéal que l'anéantissement !

– En admettant ce genre de troubles, ce qui me semble impensable, eh bien, vous les affronterez bravement en faisant honneur à la grande nation dont vous êtes issue !

– Et si j'étais prise de panique ?

– Vous sauriez la contrôler, j'en suis sûr.

– Je voudrais bien en être aussi certaine que vous !

Les paroles du jeune officier et le ton admiratif avec lequel il les avait prononcées avaient ramené un peu de couleur aux joues de Camilla.

Comprenant que son assurance recouvrée était due à la force et au magnétisme que cet homme lui communiquait, Camilla leva les yeux vers lui. Il la regardait avec une sorte de tendresse qu'elle ne lui avait encore jamais vue jusque-là.

– Je serai à la hauteur de ce qu'on attend de moi, murmura-t-elle.

– Ce sera parfois difficile mais je sais que vous n'y faillirez pas.

Ces mots aidèrent Camilla à reprendre conscience de son statut. Lentement, elle retira ses mains de celles de Hugo qui l'emprisonnaient.

– Il faut que vous alliez vous reposer maintenant, conseilla le jeune officier. Une journée fatigante vous attend et je veux que vous soyez en pleine forme.

Elle fit un pas vers le lit mais recula aussitôt.

– Non! s'écria-t-elle. Quelle que soit votre opinion sur ma bravoure, jamais je ne pourrai coucher dans cette chambre cette nuit!

– Je vous comprends. Venez dormir dans la mienne. Je reste ici, quitte à ne pas fermer l'œil de la nuit et à ne pas me séparer de mon pistolet. Je vous donne ma parole que vous ne courrez plus aucun danger. Je serai une sentinelle vigilante.

– Mais vous aussi, vous avez besoin de sommeil...

– Au cours des campagnes d'Espagne, j'ai connu bien des nuits de veille plus dures que celle-ci! Et je vous assure que ce fauteuil dans lequel je vais m'installer sera autrement plus confortable que la terre rocailleuse qui ne m'empêchait pourtant pas de dormir.

– J'ai quand même scrupule à vous imposer cela! Ne serait-il pas préférable de réveiller Rose? Si je le lui demande, elle gardera le secret.

Camilla n'était pas très sûre de la discrétion de Rose: elle la savait terriblement bavarde. Résisterait-elle au plaisir d'ébruiter une si palpitante histoire?

Comme s'il devinait le doute de Camilla, Hugo hocha la tête.

– Non, dit-il, je serai plus tranquille si le secret demeure entre vous et moi. Pas plus Rose que la baronne ne doivent apprendre cet incident. A l'aube, lorsque j'entendrai l'auberge s'éveiller, je viendrai frapper à la porte et vous regagnerez votre chambre. Entre-temps, dormez paisiblement. Je suis là!

– Je vous suis infiniment reconnaissante...

En passant devant son lit pour franchir le seuil de sa chambre, la future princesse ne put retenir un frisson. Le traversin enfoui sous les couvertures donnait toujours l'impression d'un corps allongé, et l'idée que ce corps aurait pu être le sien...

– Ne pensez plus à tout cela, dit Chevelry avec son étonnant sens divinatoire. Plus vite vous oublierez, mieux cela vaudra.

– Je n'oublierai jamais, en tout cas, ce que vous avez fait pour moi cette nuit.

– Moi non plus... je n'oublierai pas cette nuit.

Il y avait dans la voix du jeune homme des inflexions si troublantes que Camilla se retint de le regarder. Elle avait plus que jamais conscience de deviser presque nue avec un gentilhomme qu'elle ne connaissait pas trois jours plus tôt.

La tête baissée, elle gagna la chambre voisine, suivie de son protecteur qui tenait haut le candélabre. Il ferma les volets de la fenêtre, y mit le verrou, cala un fauteuil dans le chambranle de la porte, puis, jetant un regard autour de lui :

– Vous voici en sécurité, dit-il. Dormez bien.

Après une légère hésitation, il ajouta sur un ton beaucoup plus confidentiel et presque malgré lui :

– Je préférerais que Meldenstein voie combien vous êtes belle.

Avant qu'elle ait pu trouver quoi répondre, Chevelry avait disparu. Elle attendit de l'entendre s'installer dans son fauteuil, se glissa entre les draps, posa sa tête sur l'oreiller et ferma les yeux.

Consciente de la présence de Hugo derrière sa porte, Camilla avait du mal à s'endormir. Une seule fois, au cours de la nuit, elle l'entendit remuer un peu, puis le silence fut à nouveau total. La jeune fille n'en garda pas moins l'impression que son chevalier servant était encore là, tout contre elle.

Ainsi, il la trouvait belle! Malgré sa dureté, son œil cynique, et cette moue méprisante sur ses lèvres, il la trouvait belle!

Elle s'endormit en y pensant.

Lorsqu'un grattement à sa porte la réveilla, un rayon de soleil filtrait sous ses volets. Elle se leva en vitesse, s'enroula de nouveau dans sa courtepointe et ouvrit. Tout habillé, Hugo l'attendait, talons joints.

– Vous pouvez regagner votre chambre sans crainte. Les gens de l'auberge commencent à aller et venir. Tout va bien!

– Je vous remercie d'avoir veillé sur moi.

Il ne répondit rien mais elle lut dans son regard une expression qui l'incita à rompre au plus vite l'entretien. Sa porte refermée, elle sentit son cœur battre plus fort et s'en voulut de sa vulnérabilité.

Pour éviter les commentaires des filles de service, Chevelry avait eu la bonne idée de faire disparaître le traversin que le poignard avait transpercé, ainsi que les plumes qui s'en étaient échappées. Aussi fut-ce sans la moindre appréhension que la jeune fille se glissa dans ses draps. Elle se rendormit presque aussitôt si bien que le petit déjeuner des voyageuses fut servi avec du retard. Le convoi ne put s'ébranler à l'heure prévue.

Sous l'effet du laudanum, la baronne von Furstendruck avait mis un frein à son bavardage. Avant de monter en voiture, Camilla avait cherché des yeux son chevalier d'honneur, mais sans doute était-il déjà parti en avant-garde. Son absence soulagea la jeune fille car elle ne savait trop quelle attitude adopter. Elle se reprochait d'avoir cédé à sa panique nocturne et manqué de sang-froid. S'être précipitée presque entièrement dévêtue dans la chambre d'un homme, quelle entorse aux convenances! Vu les circonstances, son geste pouvait paraître excusable mais le jeune officier avait dû y repenser et sans doute la juger sévèrement.

– Je vous trouve bien pâlotte, ce matin, constata la baronne après avoir observé sa compagne d'un œil un peu plus éveillé.

– Je n'ai pas très bien dormi, cette nuit...

Après tout, n'était-ce pas une façon comme une autre de dire la vérité?

– Et vous, baronne, vous êtes-vous bien reposée?

– Je n'ai rouvert l'œil que lorsque Abigaïl est venue me secouer. Nous avons eu de la chance de tomber sur une hostellerie aussi calme et aussi tranquille, ne trouvez-vous pas?

La fiancée princière goûta in petto l'ironie de la remarque et laissa sa dame d'honneur retomber dans la somnolence. D'autant plus que son attention venait d'être attirée ailleurs.

Contrairement à ses suppositions, son garde du corps n'avait point pris les devants ce matin-là. Camilla constata qu'il chevauchait parmi les cavaliers de l'escorte. Il prenait parfois des raccourcis à travers champs, mais restait toujours à proximité. Comprenant le motif de cette surveillance renforcée, elle lui en fut reconnaissante et se sentit heureuse d'être ainsi protégée.

Tandis que se poursuivait le voyage, Camilla admit, après réflexion, que Hugo devait avoir raison de croire que le meurtrier s'était attaqué à elle par méprise. Toutefois, elle ne pouvait oublier l'expression étrange du capitaine lorsqu'elle lui avait précisé que l'agresseur était un Chinois.

Elle fut tentée de remettre le sujet sur le tapis et de lui poser franchement la question quand ils seraient seuls, mais l'occasion ne se présenta pas, même au cours de la halte du déjeuner. Celui-ci leur fut servi dans le château d'un prince médiatisé du Saint Empire, vaguement apparenté aux Meldenstein. Agé et perclus, ce hobereau ne pouvait quitter sa chambre et ce fut son épouse qui rendit les honneurs à la future princesse et à sa suite.

Aristocrate émigrée lors de la Révolution, la dame était d'origine française. Elle avait gardé de cette époque et du Consulat une profonde amertume et, quand les voyageuses la complimentèrent de la beauté des fresques qui ornaient sa salle à manger, elle se répandit en lamentations.

– C'est la seule chose que les armées de « Buonaparte » n'ont pas emportée! Meubles, objets d'art, portraits de famille, ils ont tout pillé, partout! Heureusement, lors de leur retraite précipitée devant les Alliés victorieux, ils n'ont pas eu le temps de rassembler tout leur butin... En Angleterre, vous avez eu de la chance de ne pas connaître les horreurs de la guerre. La jeunesse française a été sacrifiée pour satisfaire l'ambition d'un tyran!

Leur hôtesse ressassant sans arrêt ses rancœurs, le déjeuner, en dépit de l'excellence du menu, ne pouvait guère être joyeux. Aussi les trois voyageurs furent-ils soulagés de le voir s'achever et se dirigèrent-ils sans regret vers les voitures.

– Ce soir, nous faisons étape chez le margrave de Wonsterbalden, rappela Hugo à Camilla qu'il conduisait jusqu'à son carrosse.

– J'espère, soupira-t-elle, qu'il sera moins triste convive que cette pauvre princesse.

– Il y a de grandes chances qu'il en soit autrement. J'ai eu l'occasion de visiter sa province sitôt après Waterloo. Le margrave n'avait pas subi de pillages comme tant d'autres de ses voisins.

– Vous le connaissez donc?

– Je l'ai rencontré, oui. C'est un de ces opportunistes qui s'arrangent toujours pour se trouver au bon endroit au moment propice. Soyez assurée que la fête donnée ce soir en votre honneur n'a d'autre but que de lui concilier un peu plus les bonnes grâces de votre future belle-famille.

Vers la fin de l'après-midi, le carrosse franchit les grilles du château de Wonsterbalden. Camilla admira la somptuosité de la bâtisse entourée d'un parc imposant. Statues, rocailles et fontaines se succédaient sur les pelouses où des paons se promenaient avec une lente majesté.

Tellement surchargés de tableaux et de porcelaines précieuses qu'on se serait cru dans un musée, les salons rivalisaient de splendeur.

Quant au margrave, c'était un homme gros et jovial et sa face rougeaude lui donnait plus l'air d'un spéculateur enrichi par les guerres de l'Empire que d'un gentilhomme de l'Ancien Régime.

– Que Votre Grâce soit la bienvenue chez moi, s'exclama-t-il dans un anglais à peu près correct. C'est un honneur et un privilège pour Wonsterbalden de recevoir sous de si heureux auspices la noble fille de Son Excellence milord Lambourn. Je serai heureux de féliciter bientôt de vive voix mon ami le prince Hedwig de la perfection de son choix. Je suis certain que sa charmante épouse saura conquérir le cœur de ses sujets!

Un peu intimidée par ces phrases redondantes, Camilla, après un bref parcours des pièces de réception, se laissa conduire au premier étage où l'appartement d'honneur lui avait été réservé.

– Tout cela est très impressionnant, n'est-ce pas, milady? lui dit Rose un moment plus tard en l'aidant à changer de toilette pour le dîner. Pensez-vous que le château de Meldenstein sera plus vaste encore que celui-ci?

– Je n'en ai aucune idée, mais je serais bien aise qu'il soit plus modeste.

– Et que de serviteurs dans tous les coins! Ils n'arrêtent pas de babiller dans leur langue à laquelle, hélas! je ne comprends rien.

– Je suis sûre, Rose, que vous trouverez en Master Harpen un interprète prêt à se mettre à votre disposition!

La soubrette parlait toujours avec tant d'enthousiasme de ce Harpen que sa maîtresse prenait plaisir à la taquiner.

– Je vois mal le valet de votre chevalier d'honneur frayer volontiers avec ces étrangers, milady. Il trouve toujours des mots amusants pour les étiqueter : « grenouilles » pour les Français, « teutons » pour les Allemands et...

– Taisez-vous, Rose, coupa la jeune fille. On pourrait vous entendre et je ne veux pas vous voir tenir des propos désobligeants sur des gens qui nous accueillent avec tant d'hospitalité.

– Ah! C'est bien le moins, Votre Grâce! répliqua l'autre d'un ton acide. Master Harpen dit que c'est nous, les Anglais, qui les avons sauvés de l'oppression grâce à notre victoire, et qu'ils doivent nous en être reconnaissants!

– Je finirai par vous interdire de fréquenter ce garçon, gronda sa maîtresse. Ayez un peu de tact, Rose, et ne vous montrez pas impolie envers nos hôtes.

– Je ne suis pas impolie, mais tout de même! Savez-vous ce qu'ils m'ont offert aux cuisines dès que je suis descendue de voiture? Une sorte de liqueur effroyable qu'ils appellent le « schnaps »!

– Je ne veux pas non plus que vous deveniez alcoolique, Rose, dit Camilla en riant.

– Oh! je m'en garderai bien! Je l'ai recrachée, leur horreur! Et, avec de vraies manières de lady, eh bien, je leur ai dit que je préférerais une tasse de thé!

Après avoir pris un bain délicieusement parfumé au lilas, la future princesse se mit à se préparer pour la réception donnée en son honneur.

Sa camériste lui avait choisi une très jolie robe de bal : tunique de gaze turquoise rebrodée d'or, guirlande de roses pour ceinturer la poitrine, traîne à peine esquissée, la toilette était ravissante tout en gardant une grande simplicité. Camilla ne voulut pas la surcharger en portant la parure de rubis et diamants que lui avait envoyée son fiancé.

– Mais, milady, protesta Rose, le prince ne sera sûrement pas content d'apprendre que vous ne portez pas son cadeau!

– Je préfère le réserver au jour où je paraîtrai en sa présence.

A vrai dire, elle ne voulait pas s'avouer l'inexplicable réticence qu'elle éprouvait à porter ces joyaux. Elle les voyait toujours éparpillés aux pieds de Hugo Chevelry qui l'accablait de sa fureur méprisante...

Camilla remplaça le diadème par un simple ruban turquoise assorti à sa robe et retenu au milieu de ses boucles blondes par une rose empruntée à sa ceinture. Elle se contempla dans la psyché, pensant que c'était la dernière fois, peut-être, qu'elle aurait l'occasion de choisir librement sa façon de s'habiller. Demain, elle serait à Meldenstein et toute sa vie serait changée... Son chevalier d'honneur aurait rempli sa mission et repartirait pour l'Angleterre. Sans doute ne le reverrait-elle jamais plus...

Elle se força à refouler cette pénible pensée et, s'avisant que l'heure approchait où elle devait paraître, envoya Rose prévenir la baronne von Furstendruck de bien vouloir se tenir prête pour l'escorter au salon.

Tandis qu'elle descendait les premières marches de l'escalier monumental, elle vit, dans les miroirs parallèles qui décoraient les paliers, le reflet de sa fine silhouette et se demanda si Hugo lui murmurerait encore qu'il la trouvait belle...

Comme en réponse à son vœu secret, elle aperçut Chevelry debout au pied de l'escalier. Cette fois-ci, il n'avait point revêtu son uniforme d'officier mais portait un élégant habit gris perle sur une culotte de satin blanc. Camilla se dit qu'aucun dandy au monde ne pouvait en même temps montrer tant de virilité et aussi peu de sophistication.

Ils échangèrent un sourire complice – peut-être un peu trop tendre – et la future princesse descendit les dernières marches qui les séparaient encore. Elle voulait profiter des quelques minutes d'avance qu'elle avait sur sa dame d'honneur pour parler un peu avec le jeune homme avant d'être happée par la foule des invités et astreinte aux exigences du strict et sacro-saint protocole.

Ils n'étaient plus qu'à un pas l'un de l'autre lorsqu'il y eut un remous à la porte d'entrée. La foule s'ouvrit pour livrer passage à une jeune femme qui souleva la voilette de sa capote emplumée. L'arrivante avait un visage qui parut à Camilla d'une grande beauté.

Chevelry s'était retourné et...

– Je vois que vous êtes surpris de me voir, Hugo, dit une voix suave à l'accent moscovite. J'espère que c'est une bonne surprise, au moins?

Anastasia de Wiltshire – car c'était elle – s'avançait vers lui, les mains tendues.

– Qu'est-ce que cela signifie? demanda-t-il, sidéré. Qu'est-ce qui vous amène ici?

La comtesse eut un grand rire de gorge :

– Ah! voilà! Et dites-vous que je serais arrivée ici beaucoup plus tôt si mon imbécile de cocher ne s'était pas trompé de route...

– Mais... comment avez-vous pu vous arranger pour...?

– Vous semblez oublier, mon cher, que mon mari est cousin par alliance avec le prince de Meldenstein; cousin éloigné, certes, mais les liens du sang sont si forts dans nos familles... J'ai pensé que je ne pouvais me dispenser de lui présenter mes vœux de bonheur à l'occasion de son mariage. J'ai exprimé ce désir à la princesse mère, le chambellan du palais m'a fait l'honneur de m'envoyer un carton d'invitation. Après quoi, être invitée à faire étape chez ce brave margrave n'a plus été qu'un jeu d'enfant! Et voilà ce qui me vaut le plaisir de vous retrouver ici ce soir.

Huit heures sonnaient à la grande horloge du hall. Exacte avec le protocole comme l'exigeait sa charge, Mme von Furstendruck fit son entrée dans sa tenue de dame d'honneur, toute noire et surmontée d'une mantille, la poitrine barrée d'un grand cordon en sautoir. Elle plongea en une profonde révérence aux pieds de la future Altesse Sérénissime qui avança de quelques pas vers elle, sans s'éloigner au point de ne pas pouvoir entendre les derniers mots qu'échangeait le couple dans son dos.

– Mais qui vous a communiqué notre itinéraire? chuchotait Hugo. Je ne vous en avais rien dit...

Anastasia eut un nouvel éclat de rire avant de lui dire à l'oreille mais à haute et intelligible voix cependant :

– Charmant et naïf Hugo, n'avez-vous pas encore appris que toutes les femmes dignes de ce nom n'hésitent jamais à jeter un coup d'œil sur les paperasses que les hommes laissent traîner? Quelle idée aussi de vous promener avec toutes les instructions de la princesse mère dans la poche de votre gilet!

8

Une demi-heure plus tard, la comtesse de Wiltshire pénétrait dans le salon d'apparat. Après avoir été présentée à la fiancée du prince de Meldenstein, elle lui répétait la phrase conventionnelle que celle-ci avait déjà entendue un nombre incalculable de fois :

– J'adresse mes félicitations à Votre Grâce à l'occasion de son prochain mariage.

Ce disant, Anastasia crut pouvoir se dispenser de la révérence dont les dames allemandes qui l'avaient précédée n'avaient pourtant pas été avares. Camilla se contenta de lui répondre par une inclination de tête et un léger sourire, en agitant avec grâce son éventail.

Elles se lancèrent un regard pénétrant : Camilla était frappée par la beauté un peu exotique d'Anastasia qui avait choisi une de ses plus somptueuses toilettes et s'était parée de tous ses bijoux. Mais malgré le murmure d'admiration des hommes qui avaient salué son entrée, la belle Slave avait trop d'intuition pour ne pas remarquer que, confronté à l'exquise simplicité de l'invitée d'honneur, son propre luxe paraissait un peu ostentatoire. Et naturellement, cette faute de goût que sa vanité lui avait fait commettre, c'était Camilla qu'elle en rendait responsable.

On passa presque aussitôt à table. La future princesse occupait, comme il se devait, la place d'honneur, le maître de maison installé à sa droite. Le margrave était bien l'homme dépeint par Hugo Chevelry : tout en comblant sa voisine de compliments dithyrambiques, il faisait constamment étalage de ses richesses, ses liens de parenté, son influence politique.

Comme la plupart des invités devaient assister, quarante-huit heures plus tard, aux fêtes du mariage à Meldenstein, la principauté était le sujet principal des conversations.

– Son Altesse Sérénissime, votre futur époux, est un de mes amis intimes, n'hésita pas à déclarer le margrave, bouffi d'orgueil.

– Vraiment? Alors parlez-moi de lui, répondit Camilla. Comme vous le savez, nous ne nous sommes pas encore rencontrés.

– Hedwig est un patricien du plus haut rang et j'ai la conviction que vous serez très heureuse en partageant son trône. Certes, son Etat est plus grand que le mien, mais unis comme nous le sommes, nous pouvons ensemble peser d'un certain poids dans les négociations du Congrès de Vienne pour la restructuration de toute l'Europe.

– Le prince s'intéresse donc à la politique internationale?

– Bien sûr, et nous nous y intéressons de concert.

– Quand l'avez-vous rencontré pour la dernière fois?

Camilla soupçonna le gros homme de n'être pas aussi intimement lié avec son fiancé qu'il voulait bien le dire car cette question l'avait mis mal à l'aise.

– Vous n'êtes pas sans savoir, balbutia-t-il, cherchant visiblement un biais, que Son Altesse a eu la malchance – ou peut-être l'heureuse fortune – d'effectuer un lointain voyage au moment de la rupture d'armistice en 1802. Pendant que Bonaparte se plaisait à ravager l'Europe, Hedwig, absent, a eu la chance que sa mère, la princesse Elaine, se révélât une fine politique. Sans quoi, Dieu seul sait ce qu'il serait advenu de ce délicieux pays sur lequel vous allez bientôt régner!

– Mais n'avez-vous pas vu le prince depuis son retour?

– En fait... non, il était toujours empêché, convint le margrave de plus en plus embarrassé, mais nous ne cessons pas d'échanger des messages. Nous avons récemment eu un léger différend pour une question de frontières communes; nous l'avons réglé à l'amiable, sans aucune difficulté.

– C'est étrange, ne put s'empêcher de constater Camilla, combien peu de personnes semblent avoir eu des contacts avec le prince depuis son retour. Mon père ne l'avait connu qu'enfant lors de son séjour à Meldenstein et le capitaine Chevelry, bien qu'apparenté à sa mère, m'a dit ne l'avoir aperçu que de loin lors d'un récent passage... Je me demandais si toutes ces années passées en Orient n'avaient pas plus ou moins changé Son Altesse...

– Je ne le pense en aucune façon, Votre Grâce! Et

j'ai la certitude qu'Hedwig est en tous points le brillant souverain qu'il promettait de devenir. Nous gardons de très bons souvenirs communs de notre jeunesse et pour l'avenir, avec votre gracieuse présence à ses côtés, je ne souhaite rien tant que de renouer nos liens d'amitié en vous recevant tous deux très bientôt à Wonsterbalden.

La conversation prit ensuite un tour plus général mais Camilla continua à s'interroger sur la personnalité de son futur mari et sur les raisons qui semblaient le pousser à fuir les rencontres plutôt qu'à les susciter. Il y avait là un mystère. On ne lui parlait que du prince adolescent, mais quinze années passées à l'étranger peuvent transformer un homme... Lui cachait-on quelque chose?

La jeune fille jeta un coup d'œil vers l'autre extrémité de la table où son chevalier d'honneur – comme par hasard! – avait été placé auprès de la comtesse de Wiltshire. Hugo et elle devaient entretenir des relations intimes à en juger par leurs incessants apartés. L'altière beauté de cette femme n'était peut-être pas pour rien dans le cynisme dédaigneux qu'affichait le jeune dandy à l'égard de Camilla. Et si, en débarquant à Lambourn House, il avait semblé excédé de devoir accompagner jusqu'à Meldenstein une fiancée princière inconnue, peut-être était-ce à cause de cette femme? Le mépris qu'il éprouvait à l'égard de celles que la vénalité pousse à contracter des mariages d'argent s'expliquait-il de la même façon?

Lorsqu'on quitta la salle à manger, Camilla vit le capitaine Chevelry se diriger vers elle mais il fut arrêté en chemin par la comtesse qui s'écria :

– Hugo, venez ici! J'ai promis à ces dames que

vous leur raconteriez les derniers potins de Londres. Elles brûlent d'avoir le compte rendu des ultimes extravagances du prince régent, tiraillé entre lady Hertford et lady Fitzherbert!

Le jeune homme ne réussit pas à s'échapper du groupe caquetant qui l'avait encerclé.

Camilla s'installa sur un canapé au centre du salon. Une dame du plus haut rang vint protocolairement s'asseoir à ses côtés. C'était une duchesse d'origine autrichienne d'un certain âge mais qui conservait, outre une allure et une distinction exceptionnelles, les restes d'une beauté qui avait dû être éblouissante.

Ayant surpris les coups d'œil de sa jeune voisine, la douairière se pencha vers celle-ci pour lui murmurer, en s'abritant derrière son éventail :

– Ces femmes russes de petite naissance ont souvent trop de bijoux et pas assez de tact quand il leur arrive de s'égarer dans la bonne société.

Camilla rit de bon cœur à cette acide remarque, prononcée d'une voix suave.

– Le prince de Meldenstein a eu bon goût de vous choisir pour partager sa couronne, poursuivit la vieille dame. Etes-vous impatiente, si je puis me permettre de vous poser une question, de vous trouver à côté de lui sur le trône?

– Oh! certes pas! Cette perspective me terrorise, au contraire; je n'ai pas l'habitude des cours et crains de commettre mille bévues.

– Jolie comme vous l'êtes, Votre Grâce se tirera toujours d'affaire. On m'a dit que des raisons de santé ont empêché vos parents, que j'ai bien connus, de vous accompagner. Quel dommage! Ils auraient guidé vos premiers pas dans votre nouvelle position.

– En effet, je regrette beaucoup leur absence, soupira Camilla.

– A défaut de leurs talents diplomatiques, permettrez-vous à une très vieille dame de vous donner un conseil désintéressé susceptible de vous être utile en maintes circonstances?

– Mais... je vous en prie, madame.

– Ne vous laissez jamais marcher sur les pieds par qui que ce soit! J'ai été jeune comme vous, petite lady, et suis entrée à dix-huit ans, moi aussi, dans une famille qui, si elle ne me surclassait pas par la naissance, n'en tenta pas moins de m'écraser de sa morgue. Inexpérimentée comme je l'étais, mon existence a été un véritable enfer jusqu'au jour où j'ai enfin osé relever la tête.

Etonnée du tour que prenait l'entretien, Camilla sourit à son interlocutrice pour laquelle elle éprouvait de plus en plus de sympathie.

– Je souris aujourd'hui, reprit la vieille dame, au souvenir de ma petite victoire. Ma naïve timidité d'alors faillit avoir raison de moi au milieu de la foule d'intrigants et d'ambitieux qui gravitent autour du pouvoir et de la fortune.

– Et comment avez-vous trouvé le courage nécessaire pour les braver?

– Je me demande s'il est sage de ma part de vous le dire, hésita la duchesse après une seconde de réflexion.

– Je vous en prie. Qu'y a-t-il de plus affreux, de plus dégradant que de se sentir apeurée à l'idée de ce qu'il faut faire ou ne pas faire?

– Vous avez l'esprit solide, ce qui ne m'étonne

pas. J'ai toujours pensé que la race anglaise possède une sorte de force intérieure qui resurgit immanquablement dans les heures difficiles.

– Alors je vous écoute, madame. Votre recette?

Un éclair de malice passa dans le regard attendri et resté étonnamment jeune en dépit des rides qui cernaient les yeux.

– L'amour, tout simplement! Oui, s'il faut tout vous dire, je suis tombée amoureuse... Oh! pas de mon mari! C'eût été trop beau dans un mariage arrangé. J'éprouvais du respect pour lui, de la gratitude pour le rang où il m'avait élevée et le bien-être que notre union avait apporté aux miens... mais ce n'était pas un homme qu'on puisse réellement aimer... L'autre, c'était une tout autre affaire...

– Et comment était-il?

– Ce n'est pas très « comme il faut » de ma part, ajouta la vieille dame dont le délicieux sourire s'accentuait, de me laisser ainsi arracher des confidences qui ne sont guère pour jeunes filles... Essayez, vous, d'aimer votre époux, ma chère enfant, c'est la manière la plus sage, et certainement la moins dangereuse, pour une femme, de mener sa vie.

– Oui, mais... si je n'y parvenais pas?

– Avec votre beauté, tout doit être possible. Rappelez-vous seulement de relever toujours bien haut ce joli petit menton anglais! Ne vous laissez opprimer sous aucun prétexte et ne croyez surtout pas à ce verset de la Bible qui proclame, bien à tort, que les faibles seront les élus!

Elle fut la première à rire de sa boutade, d'un rire communicatif que partagea sa jeune interlocutrice.

Ce fut sans doute cette hilarité qui attira l'attention de Hugo. Il réussit à échapper à son cercle de jeunes femmes curieuses et s'avança vers le canapé.

– Je vois que Votre Grâce est en bonne compagnie, dit-il en s'inclinant.

– Madame la duchesse, expliqua Camilla, répondant à l'expression interrogative de celle-ci, permettez-moi de vous présenter le capitaine Hugo Chevelry, à qui a été confié le soin de m'escorter jusqu'à Meldenstein.

– C'est une tâche qui ne doit rien avoir de désagréable, en l'occurrence, fit malicieusement la douairière. Mais... Chevelry? Il me semble avoir entendu prononcer ce nom-là lors de mes séjours en Angleterre.

– Je suis le cousin du duc d'Alveston... pour vous servir, madame.

– Ah! Je me souviens à présent! Je n'éprouve pas une sympathie particulière pour ce duc que je trouve assommant, parcimonieux et pontifiant... Mais j'ai bien connu votre père, jeune homme. Il était le plus exquis des gentlemen, et vous lui faites honneur.

– Je suis flatté de votre compliment, madame, répondit Hugo non sans rougir. Mon père avait, entre autres qualités, celle de fort apprécier les femmes jolies et spirituelles, et je gage qu'il n'a pas dû manquer de vous faire une cour assidue.

– Vous auriez dû faire carrière dans la diplomatie, capitaine, plutôt que dans l'armée, rétorqua la duchesse ravie au-delà de toute expression. Mais puisque vous avez été appelé à veiller sur cet adorable fleuron de votre vaillante Angleterre, je n'ai pas besoin de vous recommander de lui apporter tous vos soins.

– Je n'y manquerai pas, madame, encore que mes fonctions prennent fin demain soir.

– Dommage pour vous!

Malicieuse, la dame eut un regard vers la jeune fille comme pour ajouter : « Je le regrette pour vous aussi » mais, – peut-être pour retenir cette phrase –, elle choisit de se lever et de prendre congé.

– Que cela ne vous empêche pas de suivre mon conseil, murmura-t-elle à Camilla qui s'était levée aussi. Tâchez d'aimer votre mari, finit-elle en aparté en cachant son visage derrière son éventail.

Les deux femmes esquissèrent une imperceptible révérence à l'adresse l'une de l'autre.

– Et si jamais il vous arrivait de vous ennuyer à Meldenstein, conclut la duchesse, prenez votre époux par le bras et venez me rendre visite. Je serai toujours heureuse de vous accueillir.

Elle s'éloigna en s'appuyant sur sa canne d'ivoire.

– Si je ne suis pas trop indiscret, demanda Hugo à Camilla, que vous a-t-elle susurré à l'oreille?

– Elle m'a donné un conseil... un bon conseil, de femme à femme.

– Je l'ai entendu. Elle vous a dit d'aimer votre mari.

– Je disais bien : un bon, un très bon conseil, de femme à femme.

Chevelry hésita et au moment de répondre, fut brusquement interrompu. Comme un tourbillon, Anastasia, qui dégageait à chacun de ses pas les effluves de son parfum capiteux, avait surgi derrière lui.

– Hugo! s'exclama-t-elle avec son accent guttural, je vous cherchais partout! Ces dames se plaignent d'avoir été abandonnées et...

– Je me dois d'être au service de Sa Grâce, vous le savez bien, coupa le jeune officier d'un ton sans réplique.

Camilla, sentant que la comtesse allait insister et l'emporter peut-être, préféra prendre les devants.

– C'est bien aimable à vous, capitaine, et je vous en remercie, mais je me sens un peu lasse et vais me retirer. J'ai cru comprendre que, demain, l'étape risquait d'être harassante.

– En effet, mais il est encore très tôt. Ne préfériez-vous pas que je...?

– Voyons, Hugo, intervint Anastasia, ne contrariez pas Sa Grâce si elle tient à se coucher tôt pour être en beauté demain. N'est-il pas normal qu'elle veuille être en possession de tous ses atouts pour faire la conquête du prince charmant qui l'attend avec impatience?

Sans s'attarder à deviner s'il y avait de la raillerie dans ce propos ou même une insinuation venimeuse, Camilla inclina brièvement la tête et tourna les talons. Mais tout en allant prendre congé de son hôte, le margrave de Wonsterbalden, elle ne pouvait s'empêcher de songer que cette comtesse slave se montrait bien possessive à l'égard du capitaine Chevelry! Il n'y avait qu'une explication : il était amoureux d'elle...

Assise devant sa coiffeuse, Camilla se préparait pour la nuit. Rose lui brossait les cheveux en babillant plus encore que de coutume. Elle désirait faire part à sa maîtresse du point de vue de l'office sur la fête qui achevait de se dérouler.

– Cette dame de Londres, milady, qui est arrivée à la dernière minute, elle a une femme de chambre qui s'appelle Andrews, une vraie rigolote, celle-là, tout le contraire de miss Abigaïl! Elle n'a pas arrêté de nous raconter des histoires croustillantes sur la comtesse!

– Vraiment?

La fille des Lambourn se rappela les remontrances de sa mère qui n'admettait pas qu'on prêtât l'oreille aux ragots des domestiques, mais c'était plus fort qu'elle: elle voulait obtenir le plus de renseignements possible.

– Il paraît qu'elle est et capricieuse et dépensière! poursuivit Rose, s'en donnant à plaisir. Et puis elle bat ses gens! Seul son mari la fait marcher droit, surtout quand il lui fait des scènes en la menaçant de ne plus payer ses factures... Alors elle sait se montrer câline et enjôleuse, oui-da!

Un double éclat de rire salua ce commentaire.

– Et qu'est-ce que cette miss Andrews vous a raconté d'autre?

– Elles sont parties de Londres comme des folles! La comtesse s'est décidée en cinq minutes: « Faites mes malles, Andrews, nous partons sur-le-champ pour Meldenstein! » La brave fille n'en revenait pas. On était en pleine « Season » et elles avaient pris des engagements pour toute la quinzaine!

– Dans tous ces bavardages, cette camériste n'a-t-elle pas mentionné le capitaine Chevelry? demanda Camilla à contrecœur.

– Oh! si, milady! Et elle connaît très bien Master Harpen. C'est lui qui m'a confié que miss Andrews lui remettait souvent des lettres et des messages de la comtesse pour son maître. A mon avis, ils sont du dernier bien!

– Aïe! Rose, faites donc attention! Vous me tirez les cheveux!

– Oh! pardon, milady!

Mais milady sentait la mauvaise humeur la gagner et elle congédia rapidement la soubrette.

Ainsi, songeait-elle, Hugo avait avec cette Anastasia une liaison officielle, et du genre à défrayer les chroniques de ce « beau monde » qui avait tant déplu à Camilla au cours de la brève incursion qu'elle avait faite à Londres. La jeune « débutante » avait été horrifiée par ces clabaudages qui rabaissaient l'amour à quelque chose de vil et d'obscène! Elle qui rêvait au contraire d'un sentiment partagé de manière profonde, d'un bonheur capable d'illuminer deux existences, le plus loin possible de cette société futile et médisante!

En rapprochant ce que lui avait dit la duchesse sur la modeste origine de lady Wiltshire des ragots d'office faisant état du luxe et des dépenses de celle-ci, Camilla trouva une confirmation à ses soupçons : l'irritation de Hugo Chevelry dès qu'il était question de richesse, ses diatribes véhémentes sur la vénalité de *toutes* les femmes, son mépris lorsqu'il avait vu Camilla prendre possession des bijoux qu'elle lui avait jetés aux pieds, sa colère quand elle avait repoussé sa suggestion de faire faire demi-tour au yacht, tout s'expliquait à présent par la passion qu'il éprouvait pour la belle Russe!

Comme il doit l'aimer! se dit-elle avec tristesse.

Et dans l'obscurité de sa chambre, elle se sentit affreusement seule et perdue. Elle comprit qu'il lui était impossible de se dissimuler plus longtemps la vérité : elle aimait cet homme, elle l'aimait depuis toujours, elle l'aimait de toute son âme...

Le sentiment profond qu'elle éprouvait n'était en rien comparable à l'attirance exercée sur la fillette par l'apparition d'un beau cavalier. *Elle l'aimait!*

Désespérée par cette certitude, elle enfouit la tête dans son oreiller et fondit en larmes.

Camilla se serait sans doute moins désolée si elle avait pu assister à l'entretien qui, au même moment, mettait aux prises Hugo et Anastasia.

Celle-ci avait entraîné le jeune officier vers un des petits salons où des invités se pressaient autour de tables de jeu, leurs piles de pièces d'or s'étageant devant eux sur les tapis verts.

– Venez, très cher, allons jouer au pharaon, proposa-t-elle.

– Vous savez bien que mes moyens ne me permettent pas ce genre de distractions, répliqua-t-il, bougon.

– Bah! Nous nous associerons, et je vous commandite!

– Non, merci, cela n'est pas de mon goût.

– Allons, Hugo, ne faites pas cette tête-là! Vous me feriez croire que j'aurais dû vous laisser continuer à jouer les nourrices sèches auprès de cette petite poupée de porcelaine!

La comtesse avait lancé sa boutade à haute voix, la ponctuant de son habituel rire de gorge.

– Pas si fort, Anastasia! répliqua Chevelry qui maîtrisait mal sa colère. N'oubliez pas que nous sommes à l'étranger, il serait malséant de choquer par nos propos les gens qui nous entourent.

Anastasia eut un haussement d'épaules méprisant.

– Pfft! Je suis étrangère moi-même et je me moque de ce que peuvent penser ces gros lourdauds! Venez, cher, si vous n'avez pas envie de jouer, retirons-nous dans un endroit plus discret.

– Certainement pas.

– Et pourquoi, je vous prie? s'étonna-t-elle.

– Parce que ce serait incorrect.

– Est-ce votre réputation ou la mienne que vous voulez sauvegarder? ricana Anastasia. Dites-vous bien que de toute façon, ces gens doivent faire mille suppositions en ce qui nous concerne.

– Eh bien, j'entends que cela cesse! Vous êtes mariée à un gentilhomme anglais, madame, et il me déplaît de rendre ridicule aux yeux de tous un de mes compatriotes.

– Voilà un scrupule nouveau! Quelle mouche vous pique soudain?

– Je ne tiens pas, pour être plus clair, que l'on dise de vous que vous ne vous rendez pas à Meldenstein pour assister aux fêtes du mariage mais pour courir après votre amant!

– Vous m'insultez, Hugo!

Le beau visage de type un peu kalmouk avait pris une expression venimeuse mais il s'éclaira presque aussitôt d'un sourire doucereux.

– Mais... vous avez touché juste! C'est la stricte vérité!

– Je ne vous le fais pas dire! Seulement, mettez-vous bien en tête, Anastasia, qu'ici je suis en service commandé et que je me dois à moi-même, dans mon comportement, de faire honneur au pays que je représente.

– En public, peut-être, concéda la comtesse, se faisant enjôleuse, mais si vous veniez me rejoindre dans ma chambre, nul n'en saurait rien...

– Etes-vous assez naïve pour le croire? Dans ces cours allemandes où le moindre fait est aussitôt colporté de bouche en bouche?

– Vous allez me faire regretter d'avoir entrepris ce voyage!

– C'est certainement une des plus irréfléchies de vos toquades, aggravée par l'inexcusable malhonnêteté que vous vous êtes permise en fouillant dans mes poches!

Anastasia crut habile d'égrener de nouveau les perles de son rire.

– Vous êtes un grand sot de ne pas vous en amuser, mon cher! Dites-vous bien que votre code d'honneur n'est pas le mien, je ne suis qu'une Russe sauvage et sans manières...

– Pas si sauvage que vous le prétendez. Et pour ce qui est des manières, je vous conseille vivement de civiliser les vôtres, au moins durant votre séjour à Meldenstein.

– Voulez-vous que je joue les quakeresses, mon cher? Soit! Par quoi dois-je commencer?

– En premier lieu, mettre fin à ce trop long aparté qui, j'en suis sûr, n'a déjà que trop fait jaser. Ensuite, aller vous asseoir à une de ces tables de jeu, si cela vous fait plaisir, ou bien vous joindre à d'autres groupes d'invités.

– D'ici un quart d'heure, je me retirerai de toute façon, murmura-t-elle en se rapprochant de lui avec un regard qui ne laissait aucun doute sur ses intentions.

– Non, Anastasia.

Le refus était net et cinglant. Mais la belle Slave était décidée à ne pas l'accepter; c'était trop blessant pour sa dignité de femme.

– Et pourquoi non? Nous sommes au même étage, ma cameriste a déjà déniché votre chambre. Venez me rejoindre dès...

– J'ai dit non! coupa-t-il, les dents serrées.

– Ce n'est pas la première fois, Hugo chéri, minauda-t-elle. Vous savez bien que cela fait partie de notre jeu, et qu'il est plus excitant de dire non pour finir par dire oui... Souviens-toi...

– Tout cela, c'est le passé! trancha Chevelry, heurté par ce tutoiement qui, soudain, lui devenait insupportable. Si j'ai bonne mémoire, je vous ai déjà dit qu'on ne pouvait indéfiniment renverser le sablier du temps.

La comtesse comprit enfin qu'il y avait réellement quelque chose de changé dans leurs rapports et elle se regimba avec toute la violence dont elle était capable.

– Mais, enfin, qu'est-ce qui vous arrive? C'est vrai, vous n'êtes plus le même homme! Je me suis d'abord refusée à le croire et vos histoires de réputation à sauvegarder en pays étranger et d'égards pour l'honneur d'un mari dont vous vous êtes pourtant bien moqué jusqu'ici, ne me semblaient rien de plus que des amusettes! Mais je vois maintenant que c'est sérieux... Quelque chose s'est passé depuis votre départ de Londres. Il vous arrivait de me résister mais la passion qui nous dévorait ensuite n'en était que meilleure, car elle vous dévorait tout comme moi, ne le niez pas! Mais tel que je vous vois là!... ce visage buté, presque haineux...

Elle le dévisageait avec un regard de fauve et ce regard s'illumina, soudain, dans un éclair de compréhension :

– Serait-ce possible...? dit-elle lentement. (Elle s'interrompit pour un nouvel éclat de rire.) Non, ce serait trop grotesque! Et pourtant... Vous n'allez pas me dire que vous vous êtes amouraché de cette insipide petite rien du tout, soudain catapultée, Dieu seul sait pourquoi! dans le lit princier de Meldenstein? Ce serait trop drôle! Mais c'est bien cela, c'est l'incroyable vérité, avouez-le! Allons, Hugo, dites-moi tout... Vous êtes amoureux de cette fille?

A son tour, il masqua son désarroi par un rire.

– Bien sûr que non. Qu'allez-vous chercher?

Mais même à ses propres oreilles, cette protestation sonnait faux.

9

Camilla entendit gratter à sa porte et leva la tête. Une seconde, elle se demanda si elle ne se trouvait pas encore à l'auberge où l'on avait dormi la veille, ou s'il était déjà l'heure de s'apprêter pour le départ. Mais il faisait nuit noire.

Le grattement se renouvela, discret, comme si la personne derrière la porte ne tenait pas à être entendue. La dormeuse sauta de son lit et s'approcha de la porte.

– Qui est là? interrogea-t-elle tout bas.

– C'est moi... Hugo Chevelry.

Elle tira le verrou et passa le nez dans l'entrebâillement.

– Mais... je dormais...

– Il faut que je vous parle, reprit-il d'un ton pressant. Habillez-vous aussi vite que possible.

Elle ne songea même pas à discuter. Repoussant le battant, elle alluma la bougie à son chevet, constata avec stupéfaction qu'il était 1 heure et demie du matin, mais n'en obéit pas moins à l'ordre. Sa robe du dîner était étendue sur une chaise, prête à être empaquetée le lendemain matin;

elle la revêtit et coiffa ses cheveux de son mieux, les recouvrant d'une écharpe de mousseline, rapidement nouée autour de son cou.

Camilla s'attendait à trouver le corridor obscur mais un reste de chandelle brûlait encore dans les appliques d'argent qui décoraient les murs. Elle ne vit pas tout de suite le jeune officier et pensa qu'il avait peut-être renoncé à l'entretien incongru qu'il venait de solliciter, mais il s'était dissimulé dans un recoin et revint vers elle en lui faisant signe de le suivre.

Dans les yeux du capitaine, Camilla vit une expression nouvelle qui fit s'accélérer les battements de son cœur. Le souvenir des heures tristes qu'elle venait de vivre en sanglotant dans son oreiller s'effaça comme par enchantement.

– Venez, murmura Hugo en la prenant par la main. Il ne faut pas qu'on nous voie...

Il l'entraînait à une telle vitesse le long du couloir qu'elle avait du mal à le suivre. Ils gagnèrent un escalier dérobé que son guide lui fit descendre avec précaution.

Ils se trouvaient à présent au pied de la façade arrière du château et Camilla comprit qu'ils se dirigeaient vers les jardins. Une porte vitrée les en séparait mais Chevelry l'ouvrit avec une clef tirée de sa poche. La tiédeur de la nuit d'été vint embaumer de son parfum de fleurs l'air qu'ils respiraient.

– Où m'emmenez-vous? demanda-t-elle.

– Dans un endroit tranquille. J'ai besoin de vous parler.

Ils se glissèrent, sous la lune, dans les allées jusqu'à un bâtiment de verre, une serre, pensa Camilla. C'était un jardin d'hiver. Là, à l'abri des plantes exotiques qui les dérobaient à d'éventuels regards indiscrets, Hugo fit asseoir sa compagne sur un banc circulaire entourant une fontaine baroque surchargée d'anges et d'amours en stuc du plus pur style rococo. A travers les feuillages, un rayon de lune vint se refléter sur leurs visages.

– Que se passe-t-il donc? demanda Camilla d'une voix inquiète.

– Rien d'alarmant, rassurez-vous. Vous n'avez pas à avoir peur...

– Je n'ai pas peur, affirma-t-elle sans en être tout à fait convaincue. Mais je pense que quelque chose a dû survenir qu'il vous fallait me relater d'urgence...

– Non, il n'y a pas de Chinois ni d'anarchiste ni de poignard, lui confia-t-il avec un sourire triste. Seulement mon ardent désir de vous voir seule... pour vous dire... pour vous dire au revoir.

– Au revoir? s'étonna-t-elle. Mais ne serez-vous pas encore avec moi demain et après-demain?

– Certes, je serai là. Mais je doute que vous ayez l'occasion d'échanger le moindre mot avec une personne aussi peu haut placée que moi. Vous serez escortée jusqu'aux frontières du margrave par un détachement de ses cavaliers. Là, le Premier ministre de Meldenstein et les principaux dignitaires de la cour vous accueilleront. Et vous achèverez votre voyage jusqu'à la capitale au milieu d'une foule qui vous jettera des fleurs.

Le ton était véhément en même temps que passionné et la jeune fille craignit de revoir sur le visage aimé l'expression hostile qu'elle redoutait tant. Mais il n'en fut rien : le capitaine avait seulement l'air mélancolique et très troublé.

– Cela doit-il vraiment se passer ainsi? demanda-t-elle parce qu'elle ne trouvait rien d'autre à dire.

– Vous attendiez-vous à autre chose?

Cette fois, le déchirement qu'elle devinait en lui la gagna et elle détourna le visage pour lui cacher les larmes qui embuaient ses yeux. Hugo ne fut pas dupe et, posant une main délicate sur le menton qui se dérobait, il le ramena à lui avec une douceur infinie.

– Mais je vois que vous avez pleuré... Pourquoi?

Il accentua la pression de ses doigts, retenant captif le visage de la jeune fille.

– Pourquoi? répéta-t-il.

– J'avais... enfin j'ai... la nostalgie de l'Angleterre...

– Est-ce tout?

Les lèvres tremblantes, Camilla ne put en dire davantage. Au bout d'une seconde, Hugo se décida à relâcher sa proie et, se levant, fit un pas vers la fontaine.

– Tout cela est dément! éclata-t-il. Je n'aurais jamais dû vous entraîner jusqu'ici mais je ne pouvais supporter l'idée que nous nous quitterions demain comme deux étrangers sans même une parole... d'amitié.

Comme Camilla se taisait, il poursuivit :

– J'ai cru déceler... un peu de tristesse en vous quand nous nous sommes quittés au salon... et de penser que vous étiez peut-être... malheureuse...

– Et si demain je suis encore... malheureuse, je n'aurai plus le... la moindre chance de vous le dire?

C'était un cri du cœur, mais qui n'osait s'exprimer qu'en un souffle à peine audible.

– C'est vous qui l'aurez choisi! trancha le jeune officier.

Son ton était redevenu cassant et son expression, celle d'un écorché vif. Mais il se reprit et, dans un élan, se rasseyant à ses côtés...

– Ah! pourquoi? s'écria-t-il, déchiré. Pourquoi a-t-il fallu que vous fassiez cela... mon cher amour?

Saisie de vertige, Camilla se demanda si elle avait bien entendu.

– Comment m'avez-vous appelée?

– Au diable les bienséances et le fossé qui nous sépare! s'exclama-t-il alors avec violence. Je vous aime, vous savez bien que je vous aime, et tout ce que je peux faire, c'est disparaître au plus vite de votre vie! Je m'en irai dès la fin de la cérémonie nuptiale, je l'aurais même fait avant mais cela provoquerait trop de commentaires. Vous ne me reverrez plus jamais.

– Pourquoi me dire cela?

Cette fois-ci, c'était un vrai cri de détresse.

Hugo l'avait saisie par les épaules et la regardait avec une passion que Camilla n'avait encore jamais lue dans le regard d'un homme. La lune, à présent, éclairait en plein l'adorable visage de la jeune fille, les boucles d'or émergeant de sous la mousseline, les larmes qui perlaient encore de ses cils, et ses jolies lèvres roses entrouvertes...

– Dieu! Que vous êtes belle! murmura-t-il presque pour lui-même. Jamais je n'avais imaginé qu'une femme puisse être belle et désirable à ce point! Et dire que je vous ai amenée jusqu'ici pour vous livrer à un autre! A un homme que vous n'avez jamais vu, un homme qui, selon toutes conjectures...

Il s'arrêta net et Camilla le vit se presser les doigts si fort qu'on en entendit craquer les articulations.

– Comment avez-vous pu accepter...? conclut-il, brisé. Toutes les autres, oui, mais pas vous!

Elle le regarda longuement et comprit que, cette fois-ci, la vérité devait éclater.

– J'ai accepté... dit-elle avec une lenteur impressionnante, parce que la demande en mariage du prince de Mendelstein sauvait mes parents d'une misère d'autant plus effroyable que le respect de soi exigeait de la tenir cachée. Sans cela, ma mère serait sans doute morte, faute de soins, et mon père, déshonoré, emprisonné pour dettes.

L'expression du visage de Hugo passa de la stupéfaction à l'incrédulité.

– Ce n'est pas vrai, vous essayez de m'en faire accroire! J'ai vu votre château, le luxe dans lequel vous vivez...

– Vous avez vu une demeure dont le délabrement venait d'être camouflé grâce à l'argent des caisses de Mendelstein! Vous avez vu des paysans de notre village déguisés en laquais avec de vieilles livrées qui moisissaient dans nos greniers! Les meubles étaient loués, les mets venaient de chez un traiteur, toujours grâce aux largesses de la principauté! Cette performance fut montée de toutes pièces par mon père qui avait soigneusement caché à l'envoyé du prince notre détresse financière pour ne pas le voir mépriser la jeune fille dont il venait demander la main...

Elle marqua un temps avant d'ajouter dans un sanglot :

– ... comme vous-même m'avez méprisée...

– Ai-je été fou de ne pas comprendre! murmura Hugo en se prenant la tête entre les mains. Je vous demande humblement pardon.

– Je n'ai rien à vous pardonner. Vous ne pouviez pas deviner... Tout était fait justement, pour que *vous* ne deviniez rien, pour que vous ne puissiez rien révéler à la famille princière qui vous déléguait auprès de nous. Peut-être aurais-je dû continuer à me taire...

Il releva la tête avec indignation.

– Pouvez-vous, une seule minute, m'imaginer capable de vous faire le moindre mal?

Dans les yeux du capitaine, Camilla lut du désespoir tandis qu'il ajoutait :

– Il y a une chose encore que je veux savoir... Si vous n'aviez pas connu la pauvreté qui tenait votre famille à la gorge, si le départ pour Meldenstein s'était effectué sans contrainte, de votre plein gré... auriez-vous accepté ma suggestion d'ordonner au commandant du yacht de faire demi-tour? Répondez-moi, répondez en toute sincérité...

Camilla le regarda d'une telle façon qu'il connaissait déjà sa réponse avant qu'elle ne l'ait donnée.

– Vous savez bien que je vous aurais supplié de le faire...

Le jeune officier eut comme un éblouissement. Il détourna son regard.

– Je crois que j'ai commencé à vous aimer, dit-il après avoir surmonté son émotion, dès la seconde où je vous ai vue avancer vers moi, dans votre salon, à Lambourn House. Le soleil couchant auréolait vos cheveux. Vous étiez si délicate et jolie que j'ai cru voir une créature venue d'un autre monde. Je ne voulais pas croire que vous puissiez vous vendre pour de l'argent, comme les femmes que je connais le font d'une manière ou d'une autre. J'ai alors essayé de m'immuniser contre cet amour naissant en vous haïssant, en reportant sur vous le mépris que m'avait inspiré le sexe auquel vous appartenez. Mais j'ai échoué, Camilla! Vous aviez capturé mon cœur, je n'en étais plus le maître et il m'était déjà impossible de vous résister.

– Moi... je vous ai aimé depuis bien plus longtemps que cela... depuis le jour où je vous ai vu sur Apollon... Je pensais à vous, je rêvais de vous... c'était comme si je pressentais qu'un jour, je vous retrouverais...

– Vous m'aimez!... Ah! mon cher amour...

Hugo était tombé aux genoux de Camilla, arcboutant son bras contre le banc de pierre comme pour ne pas se laisser aller à un geste irréfléchi.

– Je vous adore et je vous vénère – c'était comme un torrent qui, à présent, s'échappait de ses lèvres – mais je n'ose pas vous approcher... Comprenez, ma bien-aimée, que si je laissais seulement le bout de mes doigts vous effleurer, je serais trop tenté de vous garder pour toujours! Quelles qu'en soient les conséquences, je vous emporterais dans mes bras, je les refermerais sur vous, et jamais plus vous ne pourriez m'échapper!

Camilla tremblait d'émotion. Leurs yeux étaient rivés l'un à l'autre et elle avait l'impression que leurs bouches s'étaient prises avec une telle intensité que leurs âmes n'en formaient plus qu'une...

Dans un effort de volonté, Hugo se releva et recula d'un pas.

– Je ne veux pas succomber, Camilla, articula-t-il d'une voix rauque. Après tout, je ne suis qu'un homme et je vous aime plus que ma vie. Si j'avais le droit de vous embrasser et de mourir aussitôt après, je le ferais avec une joie immense!

– Non! Non, il ne faut pas dire cela! cria-t-elle.

Puis, pour se montrer aussi courageuse que lui, elle se força à parler posément.

– Un jour viendra peut-être où nous nous retrouverons. Qui peut savoir ce que l'avenir nous réserve?

– Et vous vous contenteriez de cet espoir pour continuer à vivre? Moi, je vous veux maintenant, je vous veux pour femme! La seule pensée qu'un autre homme va porter la main sur vous me rend fou, d'autant plus que cet homme et vous ne vous êtes jamais vus...

– Ah! Taisez-vous! J'étais déjà remplie d'effroi et d'appréhension avant d'entreprendre ce voyage, mais maintenant... après vous avoir retrouvé... après avoir compris que...

– Dites-le, murmura-t-il comme elle s'interrompait, dites-le-moi, que je l'entende une fois encore de votre bouche... Comprenez que c'est tout ce qui me restera dans les années à venir... le souvenir de l'expression qui est la vôtre ce soir en prononçant ces mots!

– Après avoir compris que je vous aime... acheva-t-elle. J'ignorais que l'amour pouvait être cela... et j'ignore comment je pourrai supporter le poids de mon existence... quand vous serez reparti loin de moi.

Hugo continuait à se tenir à distance respectueuse. Il ne put taire la passion qui bouillonnait en lui.

– Lorsque vous m'avez appelé au secours la nuit

dernière, je vous ai sentie trembler de peur contre mon épaule. Vous m'aviez donné toute votre confiance et vous me suppliiez de vous secourir. Je me suis alors juré de vous défendre toujours, même contre le monde entier... mais je pressentais déjà que le plus difficile serait de vous protéger contre moi-même.

Il retint sa respiration et, une fois encore, refit le geste de lui caresser le menton pour relever doucement son visage.

– Laissez-moi graver en moi votre image pour qu'elle soit à jamais dans mon cœur lorsque je serai loin de vous... Je vous aime, Camilla. C'est dans cet immense amour que je puise la force de vous laisser partir sans vous toucher vers un autre homme.

Elle eut envie de lui crier que rien n'existait en dehors d'eux et de le supplier pour qu'il la prenne à nouveau dans ses bras; elle voulait entendre encore contre sa joue les battements de son cœur d'homme et lui avouer enfin que lui seul avait eu le pouvoir d'éveiller ses sens... Mais en le voyant muré dans son renoncement, elle se tut, consciente de ne pouvoir trouver les mots capables de lui exprimer son amour et sa détresse de devoir vivre sans lui.

– Je vais vous ramener dans vos appartements, dit-il avec fermeté. Si quelqu'un nous voit, il pensera que nous nous sommes attardés dans les salons de jeu où les tables de pharaon retiennent encore leurs habitués.

– Faut-il nous séparer dès maintenant? Restons ensemble quelques instants encore...

– Ma bien-aimée. Il était déjà très imprudent de vous entraîner ici. Si je l'ai fait, c'est à cause de votre regard malheureux quand nous nous sommes quittés au salon.

– J'étais jalouse, avoua Camilla en toute simplicité.

– D'Anastasia? s'étonna-t-il. Vous n'avez vraiment pas lieu de l'être. Je ne nierai pas que je l'ai aimée, mais c'était avant mon départ pour la guerre d'Espagne. Je lui avais même demandé de m'épouser. Mais elle ne songeait qu'à l'argent. Son attitude d'alors m'avait convaincu que les femmes sont vénales et n'agissent que par intérêt.

– Moi comprise?

– Vous comprise, oui, convint Hugo. Et cette pensée me faisait mal, d'où le mépris et le dédain que je me forçais à vous montrer.

– Je crois pourtant que lady Wiltshire vous aime toujours...

– Petit ange adorable et naïf, murmura-t-il avec tendresse, ce n'est pas de l'amour mais une attirance physique qui n'a aucun rapport avec le sentiment que j'éprouve pour vous... Je voudrais vous poser une dernière question : si c'était possible sans que vos parents en subissent les conséquences, accepteriez-vous de vous enfuir avec moi dans la minute qui suit? Accepteriez-vous de braver le scandale qui en découlerait et d'être à jamais rejetée de la société à laquelle nous appartenons? Ou bien serait-ce trop vous demander?

La jeune fille n'hésita pas une seconde.

– Je serais prête à l'instant même! Pensez-vous que mon rang dans cette société dont vous parlez entrerait en balance une seconde en face de notre amour? Quant à l'argent, vivre avec vous dans le plus humble des cottages, vous servir, travailler pour vous seraient tout mon bonheur! Qu'est-ce que le monde extérieur pourrait nous apporter de plus?

Le jeune officier ferma les yeux.

– C'est un beau rêve, dit-il d'une voix brisée, mais il n'est pas pour nous.

– Bien sûr. Moi, je suis habituée à la pauvreté, mais vous...

– Quoi? Redescendez sur terre, mon ange. Vous imaginez-vous que j'aie été élevé dans l'opulence? Dès l'enfance, ma vie a été difficile. Et ensuite, l'armée! Croyez-moi, la vie d'un régiment en campagne vous fait parfois toucher le fond de la misère humaine! La guerre terminée, il ne me reste que ma maigre solde pour vivre... et des dettes... Ah! Si j'avais pu vous promettre d'aplanir les difficultés de vos parents, je vous aurais déjà enlevée et nous galoperions ensemble vers le bonheur! Mais je ne puis le faire, je vous l'ai dit. La seule perspective d'avenir que je puisse désormais envisager, c'est de rentrer dans l'armée. Avec l'espoir que de nouvelles batailles viennent interrompre très vite la vie sans but qui va être la mienne!...

– Ne dites pas cela! Tant que nous serons de ce monde, et bien que séparés l'un de l'autre, nous pourrons continuer à croire au miracle qui nous réunirait...

– Mon amour, quand je vous entends parler ainsi, je voudrais pouvoir déplacer les montagnes pour ne pas vous laisser marcher au sacrifice! Mais que puis-je faire? Quel recours implorer? Il y a quelque temps, mon père était gravement malade et, à bout de ressources, j'ai sollicité l'aide de mon cousin le duc. Il est tellement riche! J'espérais qu'il lui tiendrait à cœur d'adoucir les derniers jours de son frère...

– Il a refusé?

– En me disant qu'il détestait être importuné par des parents pauvres... et il m'a mis à la porte comme un mendiant.

– Quel homme abominable!

– Comme je connaissais sa dureté à l'égard de ses fermiers et de ses domestiques – il n'hésite pas à les jeter à la rue quand ils deviennent trop vieux pour travailler –, je lui ai assené tout ce que je pensais quant à son avarice et à son manque de cœur! Aussi me suis-je fermé sa porte à jamais.

– Et comment vous en êtes-vous sorti?

– Des amis ont bien voulu me consentir des avances qui m'ont permis d'assurer à mon père un minimum de confort. Mais j'ai contracté là une dette d'honneur que je veux acquitter avant toute autre, par des paiements échelonnés. Si je vous raconte tout cela, ma bien-aimée, c'est pour que vous compreniez bien que je n'ai rien, absolument rien à vous offrir.

– Pour moi-même, je m'en contenterais avec bonheur! Mais je dois songer à ma famille; j'ai le même problème que vous. Toutes les sommes qui me seront octroyées en ma qualité de princesse serviront à alléger les souffrances de ma mère et, j'espère, à prolonger sa vie.

– Nul mieux que moi ne pourrait vous comprendre, dit Hugo avec un soupir. Mais en ce qui nous concerne, vous le voyez...

– Oui, il ne nous reste plus qu'à nous dire adieu...

Camilla lui tendit la main et, comme le jeune

homme restait immobile, s'empara de la sienne. Ce contact le fit frissonner. Il se pencha pour déposer sur la paume offerte un long baiser.

– Un jour, quelque part... peut-être nous retrouverons nous... sur nos mers enchantées, murmura-t-elle, les joues inondées de larmes.

– Cet espoir est la seule chose qui puisse m'aider à vivre, dit le jeune officier en se redressant.

Sans rien ajouter d'autre, il ouvrit devant elle la porte du jardin d'hiver et, traversant les pelouses à pas lents, tous deux regagnèrent l'entrée dérobée du château.

– Je vous laisse remonter seule, chuchota le jeune homme lorsqu'ils furent au pied des marches.

Ils s'immobilisèrent une seconde, face à face. Les traits tirés, les yeux agrandis par la douleur, Camilla était d'une pâleur de marbre.

– Adieu... je vous aime, dit Hugo avec une gravité pathétique. Vous êtes la seule femme à l'âme grande et généreuse que j'aie jamais rencontrée sur terre.

– Adieu... je vous aime, répéta Camilla en écho. Je vous aimerai toujours...

Elle commença de monter les marches, sachant qu'il la suivait des yeux et que si elle se retournait, aucune force au monde ne pourrait les empêcher de se jeter dans les bras l'un de l'autre.

Une fois dans sa chambre, Camilla se jeta sur son lit et pleura mais ses larmes n'étaient plus les larmes amères de la jalousie. Camilla pleurait de joie à la pensée que l'homme de ses rêves l'aimait et que c'était une révélation merveilleuse, même s'ils ne devaient plus jamais se revoir...

Un long moment, Hugo resta au pied de l'escalier après que la mince silhouette de Camilla se fut effacée dans l'ombre. Il se sentait exténué, tant avait été violent l'effort qu'il avait dû faire sur lui-même pour maîtriser son désir.

Il se sentait la gorge sèche et songea, un moment, à retourner dans les salons pour se désaltérer. Mais l'idée de se retrouver au milieu de cette coterie futile qui ne songeait qu'à rire en jetant son or sur le tapis vert lui fit brusquement horreur.

L'argent! L'argent seul menait le monde, l'argent seul le séparait aujourd'hui de Camilla. L'argent avait déjà corrompu ses rapports avec Anastasia lorsque son cœur adolescent croyait aimer la jeune femme. Et c'était encore l'argent qui avait poussé l'intrigante à se vendre à un vieil homme riche!

Chevelry s'empressa d'écarter le souvenir déplaisant de la belle Slave. Toutes ses pensées désormais, et jusqu'à la fin de ses jours, seraient pour Camilla, la bien-aimée, l'élue entre toutes...

Lorsqu'un instant plus tard il entra dans sa chambre, Chevelry eut la surprise d'y déceler les effluves d'un parfum qu'il ne reconnaissait que trop. Plusieurs candélabres brûlaient dans la pièce, bien qu'il eût donné l'ordre à son valet de ne point l'attendre.

Le jeune capitaine avait vite compris que ce n'était pas son brave Harpen qui l'attendait. Une forme blanche était étendue sur son lit, sa somptueuse chevelure noire déployée sur l'oreiller... En dépit de son refus, Anastasia était venue le rejoindre mais, les heures s'écoulant, elle s'était endormie.

En silence, Hugo referma sa porte et s'éloigna sur la pointe des pieds. Il avait repéré, au bout du couloir, une chambre inoccupée et s'y était réfugié pendant que Camilla s'habillait. Il décida d'y passer la nuit.

Incapable de trouver le sommeil, il fit les cent pas dans la pièce. Il alla jusqu'à la fenêtre, en ouvrit les rideaux et se mit à contempler la nuit en se remémorant le visage bouleversant de Camilla quand elle lui avait dit : « Je vous aime. »

Il ignorait qu'au même moment, trois fenêtres plus loin, le front contre la vitre, Camilla se laissait griser par la clarté de la lune sur les jardins et que la même phrase chantait dans son cœur.

Quelques instants plus tard, Camilla regagna son lit et s'y endormit d'un sommeil si lourd que Rose, le lendemain matin, eut de la peine à l'en tirer.

– Il faut nous dépêcher, milady, pressa la soubrette. Le régiment de cavaliers qui doit vous escorter jusqu'à la frontière est déjà aux grilles du château. Vous vous rendez compte! Vous allez imiter la reine Charlotte lorsqu'elle se rend en procession jusqu'à Westminster!

Camilla se leva et, s'approchant de la table de toilette s'aspergea le visage à l'eau fraîche pour achever de se réveiller.

– Cette cavalerie autour du carrosse va soulever une telle poussière que mes vêtements de voyage seront noirs comme ceux d'une charbonnière quand j'arriverai!

– Vous pensez bien qu'ils auront garde d'éviter cela! D'autant que j'ai reçu instructions de vous faire revêtir non pas vos vêtements de voyage, mais votre robe officielle de satin blanc, avec le manteau de cour...

– Comment? Déjà?

– Oh! oui, Votre Grâce... et il faut que vous portiez le beau diadème et la parure de brillants que le prince vous a envoyés.

– Certainement pas! s'écria la future princesse sans réfléchir. Je ne peux pas les mettre!

Le visage de Rose exprima une stupéfaction extrême.

– Mais le prince viendra sûrement au-devant de vous! Il sera très désappointé si vous ne portez pas son cadeau! Son Altesse Sérénissime pensera qu'il ne vous a pas plu.

– Je voulais dire, corrigea sa maîtresse, que je ne m'en parerai qu'à la frontière, en présence des notabilités officielles. Que l'on place l'écrin dans mon carrosse!

Camilla s'approcha de la fenêtre pour regarder les pelouses ensoleillées. Quelques heures plus tôt, dans cet enclos vitré qu'elle voyait miroiter au soleil, Hugo Chevelry lui murmurait son amour et lui baisait avec ardeur la paume de la main... Pouvait-elle y croire ou n'était-ce qu'un rêve, un rêve de plus où il lui serait apparu?

La soubrette interrompit sa méditation.

– Milady, je vous en supplie, il faut nous presser. Aujourd'hui nous sommes obligées de respecter l'horaire. Si nous arrivions en retard à Meldenstein, rendez-vous compte!

– Oui, oui, apprêtons-nous...

Qu'importe maintenant ce qui peut m'arriver? songeait Camilla. Elle avait perdu pour toujours l'homme qu'elle aimait; jamais plus ils ne pourraient échanger un mot seule à seul. Elle se laissa docilement habiller sans même jeter un coup d'œil à son miroir.

A peine était-elle prête que l'on frappa à la porte. Rose alla ouvrir, pensant voir la baronne von Furstendruck, mais c'était la fille aînée du margravre qui, depuis la veille, assumait au château les fonctions de maîtresse de maison.

– Mon père m'a priée de voir si vous étiez prête, dit la dame en ployant le genou. Il attend Votre Grâce pour l'accompagner à sa voiture.

– Je me préparais à descendre...

– Permettez-moi de complimenter Votre Grâce de l'extrême élégance de sa toilette. A Wonsterbalden, hélas! on serait bien incapable de confectionner une robe telle que celle-ci.

– Ne suis-je pas un peu trop parée? Il me semble que...

– Certainement pas, Votre Grâce. Songez que vous allez être le point de mire de tous vos sujets, il ne faut pas les décevoir! Le passage d'une reine ou d'une princesse met toujours les populations en liesse.

– Encore faut-il, je pense, que la reine ou la princesse ne détourne pas l'attention due au souverain dont elle n'est que la compagne.

– Ne craignez rien, le prince Hedwig est très populaire et à travers vous, c'est lui qu'on acclamera. Lorsque vous le verrez en grand uniforme et avec toutes ses décorations, je suis sûre qu'il vous fera grande impression.

Camilla se contenta d'acquiescer par un sourire. Son futur époux devait être un personnage pompeux et bouffi de dignité. A la cour de Meldenstein l'étiquette n'est pas écrasante, avait affirmé lord Lambourn à sa fille; mais celle-ci se rendait compte que la porte de la cage dorée dans laquelle elle n'avait accepté d'entrer qu'à regret allait se refermer sur elle pour toujours et qu'elle ne pouvait plus échapper à son destin.

Elle pensa aux jours heureux de son adolescence, à ses galops dans la campagne aux alentours de Lambourn House et à ses bains dans l'étang avec son frère Jarvis, malgré l'interdiction paternelle. Elle pouvait alors échapper à la surveillance de sa gouvernante pour grimper aux arbres ou se cacher dans les bois... Tout ce passé était une page à jamais tournée! Désormais, elle ne serait plus qu'un personnage officiel sans cesse escorté, surveillé, chaperonné, pour tout dire, une prisonnière!

Ses souvenirs s'évanouirent lorsqu'elle entendit Rose s'écrier avec son inimitable accent cockney :

– Vous avez l'air d'une vraie princesse, milady! Vous ne voulez vraiment pas mettre votre diadème?

– J'ai bien le temps d'être serrée dans cet étau! laissa échapper la jeune fille.

En voyant l'expression choquée de la fille du margrave, Camilla se rendit compte de sa gaffe.

– Je disais cela pour plaisanter, s'excusa-t-elle.

– Je vais prévenir mon père que vous êtes prête, répondit son hôtesse d'un ton nettement moins aimable qu'à son arrivée.

Elle n'en fit pas moins sa révérence protocolaire avant de se retirer de la pièce. Camilla se raidit et, prenant une attitude altière, la suivit lentement.

Mais elle se sentait comme Marie-Antoinette montant à la guillotine.

10

Camilla avait à peine fait quelques pas dans le couloir lorsqu'elle vit s'avancer vers elle la baronne von Furstendruck qui, contrairement à sa rigidité habituelle, présentait tous les signes d'une grande agitation.

– Votre Grâce, il faut que je vous entretienne quelques instants en particulier, dit-elle d'une voix bouleversée.

– Je vous écoute, baronne, mais je crois qu'il est l'heure de...

– Nous avons encore quelques minutes, insista l'autre, et si nous les outrepassons, pour une fois, tant pis! C'est très important.

Elle avait entraîné la future princesse vers un boudoir et, après l'y avoir fait entrer, elle en referma soigneusement la porte.

– Vous me voyez profondément affligée, lady Camilla déclara la vieille dame d'une voix précipitée. Le chambellan du margrave vient de m'informer, il y a quelques minutes à peine, que son maître avait été fort désagréablement surpris d'apprendre qu'hier en fin de soirée, on vous avait vue vous promener seule dans les jardins avec le capitaine Chevelry!

Bien qu'elle ne s'attendît pas à ce coup, Camilla sut garder son sang-froid et chercha à gagner du temps pour trouver une explication valable.

– En effet, admit-elle. Mais quel mal y a-t-il à cela?

– Je n'insinue pas qu'il y en ait, mais Votre Grâce aurait dû penser, étant donné la haute position qu'elle occupe et à la veille de notre arrivée à Meldenstein, qu'elle commettait là une grave imprudence! Certes, je suis la première coupable car je n'aurais pas dû vous quitter d'une semelle, comme mes fonctions me le commandent, mais je vous avoue que je me sentais encore fatiguée. En vous voyant monter vers vos appartements, j'ai présumé que vous vous retiriez pour la nuit.

– C'est bien ce que j'ai fait, baronne, et vous n'étiez pas en faute. Mais j'avais un peu mal à la tête et je suis ressortie pour chercher un flacon d'eau de lavande.

La pauvre dame d'honneur se remit à s'infliger des blâmes.

– Ah! J'aurais dû être là! Je ne me le pardonne pas...

– Nul ne saurait vous condamner pour votre absence. Comme ma migraine se dissipait, j'ài pensé que le grand air me ferait du bien – la soirée était particulièrement tiède et agréable – et le capitaine Chevelry a eu l'obligeance de m'escorter dans les jardins. Je ne vois pas ce que cela peut avoir de répréhensible.

– Moi non plus, certes, mais vous pensez bien que le margrave en a été aussitôt informé. Il a si mauvais esprit et aime tant les intrigues qu'il se fera un plaisir de commenter la chose avec votre belle-mère. Et je risque de perdre toutes mes charges à la cour!

A cette perspective, la baronne qui pleurnichait d'avance se tamponnait le nez avec son mouchoir.

– Calmez-vous, l'exhorta Camilla, je ne manquerai pas de dire à la princesse combien j'ai été satisfaite de vos services. Je pense qu'elle m'écoutera plutôt que d'ajouter foi aux racontars du margrave.

– Ce n'est pas sûr. Vous ne connaissez pas l'atmosphère cancanière de ces principautés. A Meldenstein, on ménage d'autant plus le margrave qu'on le sait jaloux, intrigant et médisant!

– De là à faire une affaire d'Etat d'une simple promenade en compagnie d'un officier que la princesse elle-même a chargé de m'escorter...

– Votre Grâce ne se rend-elle pas compte que sa très haute position, sa beauté et aussi le fait qu'elle est anglaise, font d'elle la cible de toutes les jalousies?

– Eh bien, si je suis importante à ce point, je me charge de démêler cet écheveau qu'on cherche à embrouiller à plaisir. Faites immédiatement appeler le capitaine Chevelry!

– Vous n'y songez pas, s'exclama la baronne, effarée. Que je le convoque ici devant tout le monde, pour vous parler en particulier!

La jeune fille releva fièrement son menton.

– De deux choses l'une, madame, dit-elle avec autorité : ou je suis une personnalité de haut rang ou je ne le suis pas! Si je le suis, je donne les ordres qu'il me plaît et quand il me plaît, et le margrave, que je sache, n'a rien à y objecter!

– Mon Dieu! Réfléchissez un peu, Votre Grâce, avant de braver encore une fois les usages. De plus, il se fait tard...

– Je veux régler cette affaire sur l'heure et empêcher qu'elle ne prenne une ampleur regrettable. Si vous ne faites pas ce que je vous demande, j'aurai recours à l'un des huissiers.

– Mais ce serait contraire à toute étiquette! Cela ferait jaser davantage encore!

– Que l'on jase! Je suis anglaise, vous venez de le rappeler. Je n'ai pas encore à m'incliner devant les règles de Meldenstein et encore moins devant celles de Wonsterbalden. Voulez-vous faire mander le capitaine, oui ou non?

La vieille dame, en plein désarroi, partit en levant les bras au ciel.

Demeurée seule, Camilla se regarda dans le miroir qui surmontait la cheminée. Elle n'était pas mécontente d'avoir suivi le conseil amical de la duchesse : on ne lui marcherait pas sur les pieds!

Mais elle avait aussi une raison plus personnelle de se réjouir : le destin lui donnait l'occasion de revoir encore une fois celui qu'elle aimait. Oh! à peine un instant, mais ils pourraient échanger quelques mots. A cette pensée, son cœur se mit à battre plus fort.

En attendant l'arrivée de Hugo, Camilla fit quelques pas de long en large à travers le boudoir et un sourire malicieux vint éclairer son visage. Il s'agissait d'agir avec diplomatie; elle n'était pas pour rien la fille de milord Lambourn! Elle se remémora certaines intrigues de chancelleries que son père s'était amusé à raconter devant elle, et comment, avec habileté, il avait su les dénouer. Eh bien, elle en ferait autant! La petite oie blanche, timide et effacée, qu'elle était quelques mois plus tôt dans les salons de Londres devait cesser immédiatement d'exister. Elle serait désormais une femme de tête et se battrait avec bec et ongles.

Quand Chevelry se présenta dans la pièce, elle avait arrêté son plan.

– Quelque chose de grave? interrogea-t-il d'un air inquiet. Cet entretien privé est contraire au protocole, vous le savez.

– Mme von Furstendruck a pris la peine de m'en prévenir mais je me moque de ce que tous ces gens peuvent penser ou dire de moi.

Devant l'air étonné du jeune officier, elle poursuivit :

– Nous avons été vus hier soir. Le margrave a fait tancer ma pauvre dame d'honneur et comme il menace, semble-t-il, de tout répéter en haut lieu, elle craint d'être démise de ses fonctions.

– Ainsi cet intrigant à trouvé moyen de faire des siennes! Je n'aurais jamais dû vous entraîner dans cette aventure... qui va vous causer les pires ennuis...!

– Pas le moins du monde! Vous allez tout de suite demander un entretien à cet homme. Non pas en mon nom, mais au vôtre. Personnellement, je me moque de ses médisances, mais qu'il cherche à nuire à cette pitoyable baronne, c'est une chose que nous ne pouvons admettre.

– Nous? demanda-t-il, étonné.

Camilla eut un sourire amusé.

– Rassurez-vous, je ne parle pas encore comme les personnes royales! Par « nous » j'entends vous et moi, qui avons mis Mme von Furstendruck dans le pétrin.

– Vous n'avez aucune part dans le blâme.

– Mettons que j'étais une complice tout à fait consentante.

Comme la veille, leurs regards, rivés l'un à l'autre, exprimaient une infinie tendresse.

Hugo fut le premier à se ressaisir.

– Que souhaitez-vous que je fasse? demanda-t-il.

– Vous allez dire au margrave combien vous êtes surpris et mécontent qu'il n'ait pas songé, hier soir, à me faire escorter par une des dames de sa cour. Il savait que la baronne avait été très souffrante et qu'à son âge elle n'était pas en état de me suivre à toute heure dans mes déplacements. C'était à lui de choisir une suppléante pour me chaperonner.

Une lueur d'admiration passa dans les yeux éberlués du jeune officier.

– D'autant plus, poursuivit Camilla de plus en plus lancée, qu'il aurait dû penser qu'à la veille de son mariage une jeune fille pouvait se sentir nerveuse, surtout à l'idée d'affronter des cérémonies auxquelles elle n'est pas habituée. Vous vous plaindrez même que, sans votre intervention, on aurait pu me voir errer toute seule dans les jardins!

– Quand avez-vous combiné ce plan astucieux?

– A l'instant. N'oubliez pas d'ajouter que par égard pour lui, vous pourriez éventuellement renoncer à vous plaindre à Meldenstein des lacunes de son hospitalité. Ça lui clouera le bec, je pense.

– Camilla, je vous disais hier soir, dans un tout autre état d'esprit, qu'il n'y avait personne au monde comme vous. Je vous le répète...

Elle sentit qu'ils allaient succomber à leur émotion de la veille et décida d'y couper court.

– Ne nous attendrissons pas de nouveau, mon amour, murmura-t-elle. Quelque chose me dit que nous nous sommes peut-être trop hâtés d'accepter l'idée que tout était à jamais perdu. C'est absurde, illogique, mais, ce matin, j'ai presque confiance en notre avenir...

– Confiance... vraiment?

– J'ai le pressentiment que si le destin a permis que nous nous retrouvions...

– Ah! ma bien-aimée, si je pouvais seulement le croire... et garder quelque espoir...

De nouveau, ils faillirent se jeter dans les bras l'un de l'autre. Cette fois-ci, Camilla songea qu'elle devait prendre sur elle et montrer une fermeté qui empêcherait Hugo de céder à son désir. Avec un soupir, elle se dirigea vers la porte et l'ouvrit.

– Baronne, voulez-vous venir un instant?

Domptée, la vieille dame ne sut que bredouiller :

– Votre Grâce, il est si tard... le cortège vous attend...

– En effet, nous avons dix minutes de retard, constata Hugo en recouvrant sa présence d'esprit. Je vais aller m'en excuser auprès du margrave en même temps que je lui ferai part de ce que vous m'avez chargé de lui dire, lady Camilla. Je vous demanderai de vouloir bien patienter ici toutes les deux cinq minutes de plus.

– Je l'entends bien ainsi, déclara la jeune fille. En attendant, je vous prie, demandez qu'on nous monte un peu de cet excellent vin du pays. Cela nous fera le plus grand bien.

Pour la forme, Mme von Furstendruck prétendit être incapable de boire du vin de si grand matin, mais quand on apporta la bouteille, elle y fit honneur sans plus de façons. Entre-temps, Camilla l'avait rassurée en lui faisant part du subterfuge qu'elle avait imaginé.

– Finalement, conclut la future princesse, je crois que je ne serai pas aussi terrorisée que je le craignais à la cour où je vais vivre.

– Tout ira à merveille, renchérit la baronne, tant que vous n'enfreindrez pas les règles en usage.

– C'est peut-être trop me demander, soupira Camilla.

Un peu plus tard, Camilla et la baronne apparaissaient en haut du grand escalier tandis que résonnaient les trompettes du régiment de cavalerie rendant les honneurs.

Les uhlans, tout emplumés, la lance au poing, avaient grande allure dans leurs uniformes à brandebourgs dorés. La voiture dans laquelle Camilla avait voyagé depuis son débarquement était décorée de guirlandes et de brassées de fleurs et attelée à six chevaux au lieu de quatre. Laquais et cochers étaient, eux aussi, chamarrés et emplumés.

Le protocole prévoyait que, jusqu'à la frontière, le margrave prendrait place dans le carrosse princier auprès de lady Camilla et que son aide de camp lui ferait face, en compagnie de la dame d'honneur. Camilla vit Hugo se préparer pour monter à cheval et aperçut lady Wiltshire qui attendait sur le perron parmi les autres dames et fut la seule à ne pas faire de révérence sur son passage.

La comtesse ne borna pas là son audace. S'approchant de la voyageuse devant qui on déroulait le marchepied de la voiture, elle l'apostropha :

– Si vous aviez tardé davantage, lady Camilla, on aurait pu insinuer que vous n'êtes guère pressée de rencontrer votre fiancé !

Il y avait tant d'acidité dans la remarque de l'impertinente, son regard était si hostile que Camilla se demanda si le margrave n'avait pas, avant l'intervention de Chevelry, échangé avec cette venimeuse personne des propos malveillants sur son compte.

– Je suis désolée, comtesse, que mon retard ait pu vous déranger, répondit-elle d'un ton sec.

A présent que l'invitée d'honneur était là, les chambellans se hâtaient de diriger les personnes de la suite vers les autres voitures. Anastasia s'attardait pourtant sur la dernière marche du perron. Elle s'approcha soudain tout près de Camilla pour lui glisser à l'oreille :

– Laissez-*le* tranquille, *mademoiselle* Lambourn, sinon vous pourriez le regretter !

Un instant saisie, déconcertée même, Camilla se ressaisit et, souriante, se tourna vers le margrave.

– Altesse, lui dit-elle à haute voix de manière à être entendue de tous, lady Wiltshire se plaignait à moi d'avoir à continuer son voyage seule dans sa voiture. Ne voulez-vous pas donner des instructions pour qu'elle monte dans un de vos carrosses en compagnie des autres dames ?

– Mais... certainement, répondit le margrave qui s'empressa de faire le nécessaire.

Aussitôt abordée par un chambellan, Anastasia dut s'éloigner, visiblement furieuse; elle fit un détour pour adresser quelques mots rageurs à

Hugo lequel, déjà à cheval, parut à peine l'entendre.

Les fêtes du mariage terminées, cette femme réussirait sans doute, avec le temps, à exercer de nouveau son emprise sur le jeune Chevelry, mais en attendant, la jeune fille n'était pas mécontente du tour qu'elle lui avait joué : pendant la dernière étape du voyage, au moins, la Slave laisserait Hugo en paix!

Camilla posa la main sur le bras que lui offrait le margrave, monta en voiture et répondit aux ovations de l'assistance par un sourire et un salut gracieux. Les six superbes chevaux s'ébranlèrent et, chassant toute autre pensée de son esprit, Camilla comprit qu'elle était, dès ce moment, irrémédiablement entrée dans sa nouvelle vie.

L'équipage allait bon train. La cavalerie venait en tête, puis le carrosse princier suivi des voitures d'escorte et enfin les fourgons à bagages, imposant carrousel étiré sous le soleil de juin.

Le margrave, fier de parader devant ses sujets, n'arrêtait pas de parler de tout et de rien : ses bons rapports de voisinage avec la principauté et ses gouvernants, son admiration pour l'Angleterre, ses vues politiques pour l'avenir, un discours débité d'un ton si monotone que Camilla vit bientôt, sur la banquette en face, la baronne lutter contre le sommeil. Quant à l'aide de camp, qui avait probablement entendu cent fois la même péroraison, il pensait visiblement à autre chose.

Camilla cessa, elle aussi, d'y prêter attention pour revivre par la pensée les moments enchantés de la nuit précédente, dans le jardin d'hiver. Ah! pourquoi son sens de l'honneur avait-il empêché Hugo de la prendre dans ses bras? S'ils avaient connu la griserie d'un baiser échangé, d'un seul! Quel souvenir pour illuminer le reste de leur vie...

Camilla se laissait bercer par les roulements du carrosse. Il faisait de plus en plus chaud dans la voiture car le margrave, incommodé par la poussière que soulevaient les chevaux des uhlans, avait ordonné à son aide de camp d'en remonter les vitres.

– Nous voici arrivés à la frontière, Votre Grâce, annonça-t-il tandis que l'équipage atteignait les tours médiévales d'un pont franchissant une rivière. Je vais vous remettre officiellement entre les mains du Premier ministre de votre nouvelle patrie.

A l'extrémité du pont, attendait une foule. En descendant du carrosse, Camilla eut l'impression qu'elle connaissait depuis toujours le comte Ludovic von Helm : il était tel que son père le lui avait décrit. Entouré de notabilités de la cour il les présenta à leur future souveraine, non sans s'être lancé auparavant dans un long discours de bienvenue qui, Dieu merci, fut prononcé en anglais.

Camilla exprima ses remerciements, embrassa une petite fille qui était venue lui présenter un bouquet puis, sortant de la tente où elle avait été accueillie, se dirigea, au bras du Premier ministre, vers l'hôtel de ville de la localité où devait avoir lieu le banquet officiel. La foule qui se pressait tout au long du parcours ne lui ménagea pas ses ovations, ce qui l'émut beaucoup.

Avant le repas, la future princesse de Meldenstein fut conduite dans une pièce privée qui lui avait été réservée et où, pour la première fois de la journée, elle se retrouva seule avec la baronne von Furstendruck.

– Ah! Votre Altesse, s'écria celle-ci en lui baisant la main, car sur votre territoire vous avez déjà droit à ce titre, je ne vous remercierai jamais assez de ce que vous avez fait pour moi.

– Je suis heureuse d'avoir pu dissiper vos appréhensions. J'aurais été navrée que mon règne à Meldenstein commence par la disgrâce de la première amie que je me sois faite en ce pays.

– Suis-je vraiment une amie pour vous, Altesse? demanda la dame d'honneur visiblement émue.

– Assurément, chère baronne. Laissez-moi vous remercier à mon tour de toutes les attentions que vous m'avez marquées jusqu'ici, et dites-vous bien que je vous considérerai désormais comme mon meilleur appui.

Sur ces mots, elle embrassa la vieille dame tremblante d'émotion, puis elles passèrent dans la pièce voisine où, dans un foisonnement de mousselines, les dames de l'escorte se préparaient pour le déjeuner. Dans cette atmosphère surchauffée de volière, Camilla aperçut la comtesse de Wiltshire qui se contemplait dans une glace tout en consolidant l'édifice de sa coiffure. Craignant qu'Anastasia, l'apercevant, ne se lance dans une nouvelle algarade, Camilla se dirigea directement vers la salle de banquet tandis que la baronne priait ces dames de se presser afin de combler le retard pris.

– A qui la faute? clama une voix.

Ne sachant que trop d'où venait la critique, Camilla se garda bien de se retourner. Par ailleurs elle était pressée de revoir, – ne fût-ce que de loin – l'homme qui était devenu le maître de son cœur.

Elle aperçut Chevelry dans l'antichambre. Debout, il prenait un apéritif en compagnie des autres gentilshommes. Elle fut frappée une fois de plus par son allure et sa prestance. Dans n'importe quelle assemblée masculine, Hugo ne pouvait passer inaperçu. Les Allemands un peu lourds et trapus qui l'entouraient rendaient sa beauté élancée d'autant plus saisissante.

On ne tarda pas à prendre place pour le déjeuner. La fiancée princière le présidait aux côtés du Premier ministre qui porta un toast à sa santé.

En trempant les lèvres dans sa coupe, la jeune fille se dit que la journée allait être fastidieuse. Elle avait vu von Helm consulter fébrilement des notes et comprit qu'il allait de nouveau prononcer un discours.

Elle ne se trompait point. Celui-là fut suivi de plusieurs autres, en allemand, cette fois. Camilla ne put s'empêcher de trouver le temps long, surtout après le repas interminable où on lui avait présenté un grand nombre de plats, inconnus d'elle pour la plupart et qu'elle avait jugés peu digestibles.

Enfin le long repas s'acheva. On rappela à Camilla qu'elle devait à présent se parer de son diadème et de ses bijoux. Elle se retira pour s'exécuter et, en réapparaissant, eut la plus agréable des surprises : l'ordre du cortège avait été modifié; elle allait faire son entrée dans la capitale en voiture découverte aux côtés du Premier ministre, de la baronne et... de son chevalier d'honneur!

Tout au long du parcours, et bien que toute conversation leur fût interdite, la jeune fille se sentit électrisée par la présence de son bien-aimé. Elle échangeait des remarques pleines d'esprit et de gaieté avec le Premier ministre et trouvait même plaisir à répondre aux vivats de la population sous le regard admiratif de Hugo.

Meldenstein était une jolie contrée, verte et boisée et qui semblait peu habitée car les ravissants chalets de caractère tyrolien étaient assez clairsemés. En tout cas, la végétation en était autrement plus riante que celle du plat pays qu'elle avait parcouru depuis Anvers.

Von Helm se taisait, estimant sans doute que ses harangues et son monologue de la matinée suffisaient; la baronne digérait son plantureux déjeuner dans un silence qui annonçait une proche torpeur; et Camilla en profitait pour échanger avec Hugo des regards qui les rapprochaient plus encore l'un de l'autre.

Les populations devenaient de plus en plus denses. Bientôt, des édifices indiquèrent aux voyageurs qu'ils pénétraient dans la capitale.

Celle-ci était pavoisée de drapeaux et de fleurs; de place en place, des arcs de triomphe avaient été dressés et portaient dans un écusson les initiales entrelacées des fiancés. La plupart des femmes, au premier rang de la foule, arboraient leurs costumes nationaux. Camilla admira au passage leurs larges jupes aux volants bariolés, leurs corselets de velours lacés sur des blouses d'organdi aux manches bouffantes, et surtout leurs coiffes de dentelle, très élaborées et piquées de fleurs. De coquets tabliers, en dentelle également, complétaient leur pittoresque habillement.

Les vivats de la foule devenaient de plus en plus bruyants. La jeune fille commençait à avoir mal au bras à force de saluer lorsque le ministre, se penchant vers elle, lui annonça :

– Nous arrivons au palais.

Un imposant édifice de style baroque orné d'une colonnade en marbre rose se dressait devant eux. Après avoir passé des grilles à la ferronnerie délicatement ouvragée, la voiture parcourut une longue allée où s'alignaient des statues; plus en retrait, des panaches d'eau qui semblaient monter jusqu'au ciel jaillissaient des fontaines.

Au centre des colonnes, on aperçut bientôt l'entrée principale du palais, un portail surmonté des armoiries princières auquel on accédait par un escalier d'une douzaine de marches couvertes d'un tapis rouge. De part et d'autre, une nombreuse assemblée se pressait : les uniformes d'apparat, les toilettes officielles, les bijoux, les plaques des décorations, ainsi que les épées brandies par la garde d'honneur, tout cela miroitait au soleil et se reflétait dans l'enfilade des fenêtres aux parois vitrées. Toute la cour de Meldenstein se trouvait réunie pour accueillir sa future souveraine.

Celle-ci, pendant quelques instants, se sentit submergée par ce déploiement de faste. Partout d'immenses poteaux dorés portaient des drapeaux aux couleurs de l'Angleterre mêlés à ceux de la principauté et reliés entre eux par plusieurs rangs de guirlandes. Camilla se sentit intimidée et oppressée au point de perdre toute assurance. Mais un regard échangé avec Hugo lui rendit sa maîtrise. Ne lui avait-il pas dit qu'il la jugeait de taille à tout affronter? C'était le moment de lui prouver qu'il ne l'avait pas surestimée!

Pour répondre à son sourire d'encouragement,

elle se pencha vers lui et, sans se soucier de ce qu'en penserait le Premier ministre, lui prit la main en déclarant :

– Je tiens à vous remercier, capitaine Chevelry, de la manière parfaite dont vous avez organisé mon voyage jusqu'ici. Je vous suis très reconnaissante, ainsi qu'à vous, baronne, des attentions que vous avez eues pour moi.

– Ce fut un privilège pour moi d'être aux ordres de Votre Grâce, répondit le jeune homme du même ton protocolaire.

Elle aurait donné tout au monde pour pouvoir, à cet instant, se jeter dans les bras de Hugo et le supplier de ne plus la quitter. Mais les chevaux arrivaient au bout de leur course et s'immobilisaient devant le perron.

Camilla sentit ses lèvres se dessécher d'angoisse. Elle allait enfin voir l'homme qui serait son époux et partagerait sa vie.

Comme s'il devinait les pensées de la jeune fille, Hugo pressa fortement la petite main qui achevait de serrer la sienne.

On ouvrit la portière du landau. Le capitaine descendit le premier et se mit au garde-à-vous. Un laquais retira la couverture que la voyageuse avait laissé glisser de ses genoux. Camilla mit pied à terre, avança sur le tapis rouge et commença à gravir les marches, consciente des centaines d'yeux fixés sur elle; elle baissa les siens, de peur de trébucher sur un des degrés de ce long escalier.

Tout en haut, elle osa enfin relever la tête. Une dame altière aux cheveux gris surmontés d'une couronne lui tendait les bras. Camilla reconnut d'instinct la marraine qu'elle n'avait pas revue depuis sa petite enfance mais qui l'avait tant gâtée. Elle s'inclina devant elle mais la princesse Elaine s'empressa de la relever et, l'embrassant chaleureusement sur les deux joues, proclama bien haut :

– Soyez la bienvenue à Meldenstein, vous qui allez devenir ma très chère belle-fille. Je suis heureuse d'accueillir l'enfant de mes grands amis lord et lady Lambourn, pour lesquels j'ai toujours nourri la plus grande affection.

D'une voix que l'émotion enrouait, Camilla eut à peine le temps d'esquisser une phrase de remerciement. La princesse, la saisissant par le bras, lui fit monter une nouvelle marche en disant :

– Et maintenant, ma chère petite, voici mon fils, votre futur époux, le prince Hedwig de Meldenstein.

Tremblante d'émoi, la jeune fille leva les yeux vers le personnage qui se tenait debout tout près d'elle, entouré des plus hauts dignitaires de l'Etat.

Elle vit l'uniforme blanc et or constellé de décorations avant le visage. Elle sursauta de surprise et craignit que l'entourage du prince ne se fût aperçu de sa réaction.

Le prince Hedwig ne correspondait pas du tout à ce qu'elle avait imaginé. Il paraissait plus âgé que sa proche quarantaine et donnait l'impression d'être malade, gravement malade.

11

Dans la salle du trône, les gens continuaient à défiler et Camilla avait le sentiment que ce cérémonial de présentations ne s'arrêterait jamais. Tandis que la voix de stentor du chambellan de service clamait les noms aux consonances tudesques, elle s'identifiait de plus en plus à un automate tendant la main, saluant, souriant, et répondant par la même phrase de remerciement aux mêmes congratulations.

– Comte et comtesse de Mauberding... Prince et princesse de Kahrsewitz... Baron et baronne von Lüchzemberg...

Les titres et les patronymes se succédaient au rythme de la présence fugace des gros, des maigres, des jeunes, des vieux, des petits et des grands qui passaient devant la jeune fille et avaient tous un trait caractéristique en commun : le regard qu'ils lui jetaient était celui-là même qu'ils auraient eu pour examiner une bête curieuse dans un jardin zoologique !

Dix minutes avaient suffi à la fiancée princière pour s'habituer aux militaires claquements de talons des hommes et aux révérences plongeantes des dames; elle n'avait même plus envie de se moquer intérieurement des postures ridicules des plus vieilles et des plus corpulentes qui n'avaient point, pour exécuter ces génuflexions, toute la grâce requise.

Le rythme du défilé se ralentit soudain. Camilla en comprit la raison en voyant s'approcher un très vieux monsieur qui marchait difficilement en s'appuyant sur deux cannes. Elle en profita pour murmurer au prince Hedwig figé à son côté :

– Y a-t-il encore beaucoup d'invités? Je commence à avoir mal à la main. Pas vous?

Le regard que lui lança son futur mari lui parut dépourvu d'aménité tandis que, glacial, il lui répondait :

– Le « shake-hand » est une coutume anglaise que j'ai toujours jugée détestable. Avoir à toucher quelqu'un qui ne vous est rien a quelque chose de répugnant!

La remarque était si discourtoise que Camilla, stupéfaite, voulut répondre à son fiancé sur le même ton. Elle n'en eut point le temps car le flot des arrivants se poursuivait.

– Le duc et la duchesse de Bigdenstein... Le comte Psaroff...

Quand les présentations furent terminées, la princesse Elaine prit Camilla par le bras et fit avec elle le tour des salons, s'arrêtant devant les hôtes de marque pour leur adresser une phrase de bienvenue dont la longueur était proportionnée à l'importance de leur rang.

Le prince les suivait, maussade, sans daigner adresser la parole à qui que ce fût. Camilla se demanda si c'était là son comportement habituel, ou bien s'il était particulièrement mal disposé ce jour-là. Et si c'était le cas, sa mauvaise humeur ne pouvait venir que d'une antipathie à l'égard de sa future épouse.

Normalement, ç'eût été à Hedwig plutôt qu'à sa mère de guider Camilla vers les uns et les autres. Mais il devenait de plus en plus évident que, dans cette famille, la princesse Elaine avait toujours tenu le rôle dominant. Malgré ses lourds atours d'apparat, elle évoluait avec une grâce souriante entretenue sans doute depuis sa jeunesse. Et Camilla, qui était appelée à lui succéder, ne put s'empêcher de penser que, dans trente ans, elle-même serait à son tour figée dans le même emploi. Cette pensée l'accabla.

Le trio princier abordait à présent une longue galerie où une foule se pressait. Le sourire affable de l'ancienne régente s'atténua et Camilla entendit ce murmure :

– Ce ne sont que des gens du peuple. Inutile de s'arrêter ni de parler à qui que ce soit...

La plupart de ces invités de seconde catégorie lui paraissaient pourtant plus intéressants et plus vivants que les personnages un peu momifiés avec lesquels ils s'étaient entretenus jusqu'alors, mais la jeune fille se garda bien d'en faire la remarque. Lorsque les doubles portes des salons de réception se furent refermées derrière la famille princière, celle-ci ne fut plus entourée que par des membres du service d'honneur qui demeurèrent près de l'entrée, à distance respectueuse.

– A présent que la cérémonie est terminée, dit la princesse en se tournant vers son fils, je vous propose, Hedwig, de nous retirer tous trois dans mon salon intime. Votre fiancée, en vraie Anglaise, appréciera, j'en suis sûre, une bonne tasse de thé.

– Je regrette, ma mère, mais je ne pourrai m'attarder davantage en votre compagnie, répondit le prince d'une voix blanche.

Il donnait l'impression déplaisante de ne plus appartenir tout à fait au monde des vivants. Sa mère parut contrariée.

– C'était pourtant ce dont nous étions convenus, insista-t-elle d'un ton où l'on décelait une insistance agacée.

– Tous mes regrets, cela m'est impossible. Mais je vais vous mener jusque-là.

La princesse mère se mordit les lèvres et prit les devants, visiblement contrariée. Un laquais ouvrit les portes d'une sorte de boudoir dont les fenêtres donnaient sur les jardins et dont les proportions démentaient le caractère d'intimité qu'on lui avait attribué.

– C'est mon petit recoin favori, insista pourtant la douairière. J'ai plaisir à y entasser le trésor de mes souvenirs.

La pièce était en effet surchargée de bibelots, de miniatures, de portraits qui encombraient des guéridons, des vitrines, et jusqu'au dessus du piano et aux rayons des bibliothèques.

Une table avait été dressée devant la cheminée avec un service d'argenterie typiquement anglais. Le samovar, le minuscule pot à lait, la boîte de thé en cristal et les scones tenus au chaud sous leur couvercle de dentelle donnèrent à Camilla la nostalgie de Lambourn House.

Décidément, toute souveraine germanique qu'elle fût devenue, la princesse restait toujours une

Anglaise dans ses goûts et ses affections; cette constatation rapprocha Camilla de sa marraine dont la morgue et les idées rigoristes, affichées un moment plus tôt, lui avaient déplu.

– Je trouve ce salon tout à fait charmant, assura-t-elle, remerciée par un sourire ravi.

– Allons, Hedwig, n'allez-vous point changer d'idée? enchaîna la princesse. Restez avec nous, ne serait-ce qu'un moment...

– Je vous ai déjà dit, ma mère, que des affaires importantes m'appelaient.

– J'aurais aimé que vous bavardiez un peu avec votre future femme...

– Je la verrai demain, dit le fiancé avec indifférence en s'adressant à sa mère comme si celle dont il parlait n'avait pas été là.

Camilla l'observa avec curiosité: cet homme paraissait plus que son âge mais il avait dû être beau vers ses vingt ans, de cette beauté germanique exaltée dans les portraits accrochés aux murs. Hedwig de Meldenstein avait hérité de la blondeur de ses ancêtres, de leur forme de tête carrée, et aussi de la froideur de leur regard d'acier.

Bizarrement, ce regard – ou était-ce simplement les pupilles? – était en même temps très noir: l'iris devait en être dilaté, mais c'était une impression difficile à contrôler car, tout en parlant à sa mère, le prince gardait les paupières à demi baissées, comme si la lumière le blessait.

Mais c'était surtout la teinte de sa peau qui attirait le regard; elle était blême au point de ressembler à un vieux parchemin jauni. Camilla se demanda si le prince n'avait pas contracté, au cours de ses voyages en Orient, quelque fièvre maligne qui l'avait vieilli avant l'âge.

Elle ne voulut pas donner l'air de le dévisager et se mit à retirer ses gants tandis que, claquant les talons, Hedwig prenait congé.

– Nous nous reverrons demain, dit-il en s'inclinant pour un cérémonieux baisemain.

La jeune fille trouva si froid le contact de ses doigts qu'elle retint à grand peine un frisson : elle avait eu la sensation de toucher un cadavre!

Lorsque, de son pas raide, il eut quitté la pièce, Camilla se tourna vers la princesse. Sans lui laisser le temps de placer un mot, celle-ci lui dit sur un ton qu'elle s'efforçait de rendre réconfortant :

– Allons, ma chère petite, venez vous asseoir à côté de moi. Il faut excuser Hedwig, il est vraiment surmené en ce moment. Il a eu beaucoup de soucis de gouvernement, sans parler de tous les préparatifs afférents à votre mariage...

Camilla prit une grande inspiration pour se donner du courage.

– Pardonnez-moi cette question, Altesse, mais êtes-vous sûre que votre fils ait réellement envie de m'épouser?

La vieille souveraine entoura sa filleule de son bras et l'obligea à prendre place à ses côtés.

– Mon enfant, je ne sais que trop ce que vous devez penser, plaida-t-elle, et je suis moi-même souvent près de perdre patience. Mais Hedwig est si timide! Il éprouve de grandes difficultés à s'exprimer en public. Dans l'intimité, vous verrez, c'est une tout autre personne.

– Je pense que nous aurons une conversation plus intime d'ici demain... Comment pourrions-nous envisager d'être mariés l'un à l'autre sans même avoir échangé un mot?

– C'est très bien ainsi, croyez-moi! Cet usage des cours a du bon et moi-même, qui arrivais comme vous d'Angleterre, je n'ai rencontré mon mari que devant l'autel. Nous n'en avons pas moins formé le plus heureux des ménages.

– C'est très bien, mais... en ce qui concerne ce mariage-ci, insista Camilla, Votre Altesse est-elle bien certaine que son fils le souhaite?

La princesse s'absorba dans la préparation du thé, soupesant chaque pincée qu'elle mettait dans la petite cuiller avant de verser l'eau bouillante.

– Mon fils, déclara-t-elle enfin, m'a affirmé expressément non seulement son désir ardent de se marier, mais tout particulièrement celui de se marier avec vous.

Après avoir refermé d'un claquement sec le couvercle de la boîte à thé, elle ajouta :

– Un grand choix de partis s'offrait à lui mais dès qu'il a entendu parler de votre charme et de votre beauté, il n'a songé qu'à vous.

– Mais qui peut donc lui avoir parlé de moi? s'étonna la jeune fille.

– Je vois que vous êtes à la fois intelligente et directe et cela, n'en doutez pas, vous fera tout de suite aimer de vos sujets... Comment prendrez-vous votre thé? Avec du lait ou une rondelle de citron?

– Du citron, s'il vous plaît, répondit Camilla décidée à ne pas se laisser détourner de son sujet. Votre Altesse ne m'a pas donné le nom de la personne qui l'a si favorablement informé à mon sujet.

La princesse comprit que le cérémonial du thé ne

lui fournirait pas une nouvelle échappatoire et prit le parti de rire.

– Votre insistance n'aura pas été vaine. Sachez que j'ai beaucoup de parents et d'amis en Angleterre. D'autre part, après Waterloo, nous avons vu refluer par ici un grand nombre d'officiers supérieurs de l'armée britannique. Ils étaient tous unanimes à votre sujet. Selon eux, vous étiez la plus ravissante jeune fille du Royaume-Uni. Je constate qu'ils ont dit vrai.

Camilla remua le sucre dans sa tasse de thé. Son interlocutrice mentait de façon flagrante : aucun officier anglais ne connaissait la fille de lord Lambourn ni n'aurait pu parler d'elle. Mais il était difficile d'infliger un démenti à une Altesse Sérénissime !

Comme si elle avait deviné ces pensées, la princesse dévia la conversation sur la principauté et se mit à énumérer les festivités qui devaient se dérouler le lendemain.

– Après la cérémonie religieuse à la cathédrale, nous aurons le lunch où sont conviés deux cents invités, membres de notre famille et représentants des dynasties régnant dans les Etats voisins. Après, vous parcourrez avec Hedwig les principales avenues de la capitale en carrosse découvert. Je ne vous dirai rien des surprises que les échevins vous ont préparées à chacun des arrêts, mais vous verrez, ma chère petite, vous serez touchée par les marques d'affection que vous donnera notre peuple. Il se réjouit grandement de ce mariage et vous partagerez très vite la popularité traditionnelle de tous les princes régnants de Meldenstein !

Camilla se dit qu'avec ses manières cassantes, le

prince devait jouir d'une popularité fort restreinte, mais une fois encore, elle se garda bien d'exprimer sa pensée.

Sa future belle-mère arrêta de boire son thé pour lui montrer quelques-uns des « trésors » qui l'entouraient : une miniature de Hedwig enfant, une mèche de ses cheveux conservée dans un médaillon, puis des portraits du prince adolescent. Sur tous, celui-ci paraissait beau et plein de charme : il était difficile de reconnaître dans ces images de la jeunesse du prince le visage blafard et fermé qui avait frappé Camilla.

Celle-ci se demandait si elle n'allait pas trouver le courage de suggérer d'attendre un peu avant le mariage lorsque la princesse Elaine se leva.

– Ma chère enfant, dit-elle, je pense que vous devez être fatiguée après cette harassante journée. Demain sera plus exténuant encore et vous devriez vous reposer un peu jusqu'au dîner. Il aura lieu à 7 heures et demie. Ce sera un repas intime avec nos parents les plus proches. Mon fils n'y assistera pas car, selon la tradition, il doit enterrer sa vie de garçon avec les autres officiers de son régiment. On va vous conduire à vos appartements.

L'ancienne régente agita une sonnette d'argent et une dame du palais parut presque aussitôt, précédée de deux laquais.

– Comtesse Treitzen, veuillez faire escorter Sa Grâce jusqu'à la chambre nuptiale, s'il vous plaît.

– Aux ordres de Votre Altesse Sérénissime.

La comtesse fit une révérence jusqu'à terre et Camilla se dit que, ses noces n'étant pas encore célébrées, elle devait sans doute en faire autant, mais la princesse la releva aussitôt pour poser un baiser sur son front.

– Ma chère enfant, déclara-t-elle, j'ai la conviction que vous connaîtrez avec mon fils un bonheur sans nuages. Je vais prier pour qu'il en soit ainsi.

Avec un geste gracieux de la main, elle s'éloigna vers son oratoire.

Camilla avait été conduite en procession jusqu'à l'aile du château qui, désormais, allait être la sienne. Les deux laquais ouvraient la marche, flambeaux à la main et la comtesse Treitzen suivie de deux autres dames l'escortait. L'appartement comprenait une immense chambre à coucher, un vaste salon, un boudoir plus intime, une pièce oblongue toute en armoires destinées à contenir sa garde-robe et une luxueuse salle de bains aux parois de marbre. Il n'était pas moins somptueux que le reste du palais. L'alcôve où se dressait un grand lit était surmontée d'un fronton fait de cupidons enlacés tout dorés, motif qu'on retrouvait aussi sur les courtines, au pied des énormes torchères, et jusque sur les superbes consoles qui décoraient chacun des panneaux. Le reste du mobilier était également doré et se détachait sur un fond tendu de faille moirée couleur bois de rose, assorti aux rideaux.

L'ensemble, de style XVIIIe, évoquait délicieusement le cadre amoureux de ce siècle galant; mais en songeant à l'homme qui était appelé à l'y rejoindre dans quelques heures à peine, la future mariée voyait s'en évanouir le charme.

Dames d'honneur et laquais s'étaient retirés et le regard de Camilla s'éclaira à la vue de Rose. Tout affairée la soubrette émergeait du cabinet de toilette où elle achevait de ranger le trousseau nuptial.

– Oh! Votre Grâce, tout est tellement somptueux! Vous avez vu? Il y a même une salle de bains entourée de miroirs et une baignoire encastrée! Quand je pense aux baquets qu'on devait sans cesse coltiner à Lambourn House!

– Tout est en effet très joli, Rose, et je pense que vous allez être heureuse dans cet environnement fastueux.

– Oh! oui, milady...

L'acquiescement de la camériste était mitigé. Sa maîtresse se demanda si la perspective d'être bientôt séparée de son cher Master Harpen n'assombrissait pas l'enthousiasme de Rose.

Mais le souci de celle-ci avait une autre cause.

– Milady, dit-elle un instant plus tard en dégrafant la lourde robe de brocart, vous ne devinerez jamais ce que j'ai vu dans les couloirs où circulent les domestiques!

– Qu'avez-vous donc vu?

– Je vous le donne en mille, Votre Grâce... Deux Chinois!

– Deux... Chinois?

– Oui, oui, oui... Avouez que c'est bizarre! De vrais Chinois avec des vestes en soie noire et une natte dans le dos!

Camilla se refusa à épiloguer sur le fait. Une fois dévêtue, elle s'étendit sur une chaise longue pour jouir d'un repos bien gagné.

Vers 7 heures, comme elles en étaient convenues, Rose vint la réveiller. Pour assister au dîner intime, Camilla choisit une robe indienne jaune paille et lilas qu'accompagnait une mentonnière de tulle de même couleur. Les boucles du chignon retenaient celle-ci sur la nuque et elle retombait derrière en deux doubles pans dont l'un se raccrochait gracieusement à la taille.

La princesse ne l'avait pas induite en erreur : seule la famille la plus proche assistait au dîner. Huit personnes en tout, très âgées. Camilla se demanda comment elles pourraient, le lendemain, rester debout, immobiles, pendant les longues heures que dureraient les cérémonies. Tantes, oncles et cousins Meldenstein mangeaient avec une lenteur désespérante et, entre chaque bouchée, lançaient avec des voix stridentes des aphorismes sentencieux dont Camilla ne comprenait pas le moindre mot puisqu'ils étaient prononcés en allemand.

Chaque fois que le propos lui paraissait en valoir la peine, la princesse se penchait vers sa future belle-fille pour le lui traduire, mais il était visible que cette parentèle germanique l'ennuyait également. Elle ne se gênait pas pour lui couper la parole et pour se lancer dans des apartés avec la fiancée de son fils, lui vantant les charmes de la principauté ou les hauts faits d'armes de feu son époux.

Un vieil oncle qui parlait un peu l'anglais se mit, avec des grâces surannées, à accabler sa jeune voisine de madrigaux galants lourds de sous-entendus.

– Je gage que Votre Grâce, lui lança-t-il vers le dessert, souhaiterait avoir vieilli d'un jour... et se trouver en tête à tête avec son séduisant époux...

Camilla rougit, se demandant si le personnage était complètement sénile ou s'il cherchait à faire de l'ironie. Elle préféra répondre à côté.

– Mon fiancé enterre ce soir sa vie de garçon.

C'est un usage courant en Angleterre et je n'ai pas à regretter son absence.

– Ah? Je vois que Votre Grâce est mal informée, répliqua son voisin d'un air malicieux. Ce cher Hedwig, au grand regret de tous, a décliné l'invitation de son régiment en alléguant que ces vieilles traditions n'étaient plus de mise.

La voix pointue du vieillard cacochyme avait atteint les oreilles de la princesse Elaine qui, franchement contrariée, trancha d'un ton acide :

– Mon cher Rupert, mon fils est d'âge à savoir comment régler l'emploi de son temps en toutes circonstances.

Peine perdue! L'autre s'obstinait à ergoter :

– Qu'Hedwig traite par-dessus la jambe ce banquet traditionnel de célibataires, soit! Mais je regrette qu'alors il nous prive et surtout sa charmante fiancée, de sa présence ici!

La princesse se leva de table avec une nervosité marquée.

– Si vous le voulez bien, nous allons passer au salon de musique. Ma chère Camilla, si vous souhaitez vous retirer, je le comprendrai parfaitement.

– Nous le comprenons tous! s'exclama le vieil oncle, égrillard. Il faut que notre jolie mariée soit en forme pour... ce qui l'attend demain!

La jeune fille prit congé en adressant un sourire reconnaissant à sa future belle-mère et s'éloigna avec soulagement.

Camilla retrouva dans son appartement sa camériste qui l'attendait pour la déshabiller. Elle la pria de revenir une demi-heure plus tard car elle avait l'intention, avant de se mettre au lit, d'écrire une longue lettre à sa mère.

– Je n'en aurai certainement plus le temps demain ni les jours suivants, soupira-t-elle.

– Assurément. Votre Grâce trouvera tout ce qu'il faut pour écrire dans ce secrétaire.

– Merci.

Comme la soubrette refermait la porte, sa maîtresse la rappela.

– Dites-moi, Rose... n'avez-vous pas revu ces deux Chinois que vous aviez rencontrés?

– Non, milady. Je pense que j'ai dû me tromper... le couloir était si obscur!

Quelque chose dans le son de sa voix, dans la façon brusque dont elle s'était détournée comme pour dissimuler son visage, persuada Camilla que Rose lui mentait.

Mais à quoi bon tenter d'élucider la question? Dans cet immense palais, y avait-il lieu de s'étonner de voir, entre autres, deux serviteurs chinois sans doute ramenés par le prince de ses lointains voyages?

Les étranges prémices de son existence à Meldenstein étaient plus inquiétantes : un cérémonial pénible et astreignant, une famille de vieillards ennuyeux et malveillants et pour couronner le tout, un époux glacial et à peine courtois! Camilla frissonnait au souvenir de son visage blême aux yeux éteints, de ses doigts moites et de son ton hostile.

Il a dû tomber gravement malade, se dit-elle; mais pourquoi sa mère n'a-t-elle pas l'honnêteté de l'avouer? Elle doit me considérer comme une petite oie naïve si elle s'imagine me duper en prétendant qu'il est adoré de son peuple et que seule la timidité l'empêche de se montrer sous son vrai jour.

Camilla se refusait à croire au prince charmant que la vieille dame s'était évertuée à lui dépeindre. Mais à quoi la menait cette lucidité? Son destin n'en était pas moins inéluctable, elle ne pouvait s'y dérober et n'avait personne vers qui se tourner! Elle écrivit les premières lignes de sa lettre en sachant qu'elle devait se garder, par-dessus tout, d'alarmer ses parents.

Il n'y avait qu'un être au monde, un seul, auquel elle désirait se raccrocher : Hugo, son cher amour... un amour, hélas! qu'elle était obligée d'enfouir à jamais au fond de son cœur! Toute la journée, elle s'était efforcée de chasser le trop troublant souvenir des moments ineffables passés ensemble, des mots tendres échangés... Cette velléité n'avait servi à rien : Hugo Chevelry était toujours là et chaque souffle d'air qu'elle aspirait la ramenait vers lui...

Ah! si je pouvais lui écrire! soupira-t-elle devant sa feuille blanche. Des phrases passionnées s'inscrivaient devant ses yeux... « Mon cher cœur, comment vais-je faire pour vivre sans vous? »

A la place, elle traça lentement : « Ma chère maman... » et se mit à raconter, avec une conventionnelle banalité, la fin de son voyage et les festivités qui avaient salué son arrivée.

Soudain, il lui sembla qu'on avait frappé discrètement à sa porte. Camilla sentit son cœur bondir dans sa poitrine. Ce grattement léger... L'objet de son amour pouvait-il, contre toute vraisemblance, avoir répondu à son appel muet? Pouvait-il avoir échappé à toute surveillance pour venir la retrouver?

On frappa un peu plus fort et Camilla se força à prendre un ton indifférent pour répondre :

– Entrez!

Le battant s'entrouvrit à peine. Une ombre se glissa dans la pièce. Rose avait soufflé les candélabres en se retirant et le bougeoir posé près de l'écritoire n'éclairait que faiblement la pièce. Assise devant son secrétaire, la jeune fille se crut victime d'une hallucination. Une vieille femme courbée, toute menue, trottinait dans sa direction au milieu des plis d'une robe brodée qui dissimulait mal sa maigreur de spectre. La visiteuse était une Chinoise, et sa coiffure étagée en hauteur où brillaient de grands peignes de nacre indiquait selon toute probabilité une personne de haut rang.

Un court instant, Camilla se demanda s'il ne s'agissait pas d'une personnalité étrangère invitée aux cérémonies du lendemain et qui se serait trompée de chambre, mais le comportement de la vieille Asiatique vint contredire cette hypothèse. L'intruse s'était campée devant la jeune fille et la dévisageait avec une absence totale d'expression. Il n'en émanait pas moins de sa personne quelque chose d'insolent et de maléfique.

– Vous désirez me voir? balbutia Camilla lorsqu'elle parvint à dompter sa frayeur.

Les yeux inquisiteurs s'adoucirent et une petite voix chantante aux consonances nasillardes se fit entendre.

– Son Altesse Sérénissime le prince Hedwig désire voir vous. Venez!

– Maintenant!

– Vous venir. Tout de suite!

Impressionnée par cette femme qui s'exprimait

dans un anglais à peine intelligible, Camilla posa sa plume et se leva. Devait-elle vraiment obtempérer à l'étrange invite de cette créature? Elle était prête à parier que la princesse mère n'était pas au courant de cette démarche inopinée.

– Allons... vous venir... venir vite!

La Chinoise s'était emparée de sa main et cherchait à l'entraîner. Pour la première fois, Camilla regretta de ne pas être entourée de dames d'honneur et de chambellans qu'elle aurait pu consulter; mais, si peu qu'elle eût envie d'y céder, il lui parut difficile d'opposer un refus à l'injonction qui lui était faite. Sans doute son fiancé avait-il changé d'idée et estimé qu'après tout un entretien avec sa fiancée s'imposait. Il n'était plus un enfant, loin de là! et ne jugeait donc pas utile, pour ce faire, de solliciter la permission maternelle!

Camilla suivit son guide à travers un dédale de couloirs. Elle en déduisit que le prince devait loger dans une aile tout à fait écartée du palais. Parvenue devant une porte monumentale gardée par deux sentinelles curieusement figées et dont les visages semblaient dépourvus de regard, la Chinoise, d'un ongle démesurément long, donna une chiquenaude sur la porte qui s'ouvrit aussitôt à deux battants.

Le serviteur qui se tenait sur le seuil était, lui aussi, asiatique et la jeune Anglaise ne put maîtriser un frisson en constatant que la décoration de la pièce évoquait l'Extrême-Orient dans ce qu'il pouvait avoir de plus impressionnant : murs noirs sur le fond desquels se détachaient de terrifiants dragons d'or, gong immense qu'un autre serviteur frappa avec force à son entrée, obscurité presque totale, vapeurs d'encens dont la saveur âcre saisissait à la gorge.

Une sorte de paravent découpé en forme de flammes rouges s'écarta devant les arrivantes. Se retournant pour la première fois, la vieille Chinoise contempla d'un œil dur celle qui l'avait suivie, puis lui donna un nouvel ordre, non plus mezza voce comme elle l'avait fait précédemment, mais dans une sorte de hurlement qui rendait plus horrible encore sa voix de cacatoès.

– Vous maintenant voir le Maître!

Camilla se décida à fuir, mais il était trop tard : toutes les portes s'étaient refermées après son passage. A travers un rideau transparent qui séparait en deux cette salle semblable à un temple bouddhique, elle distingua à la lumière de deux énormes cierges rouges une sorte de trône surélevé, surmonté d'un dais dont les pans bariolés se répandaient jusque sur les marches. Là, au milieu de coussins, était assis dans une pose hiératique un personnage drapé dans une robe de mandarin et coiffé d'une tiare.

Dans les semi-ténèbres, le gong résonna de nouveau et la jeune Anglaise qui s'habituait peu à peu à la pénombre épaissie par la fumée des cassolettes, reconnut avec stupéfaction l'homme qui se trouvait là : son futur mari, le prince Hedwig de Meldenstein!

– Vous m'avez fait demander? articula-t-elle en cherchant à affermir la voix qui s'étranglait dans sa gorge.

Elle croyait vivre un cauchemar; des formes se mouvaient dans l'ombre de part et d'autre du dais et elle distingua les silhouettes de plusieurs autres

Chinois accroupis dont les yeux bridés ne la quittaient pas. Elle réalisa avec horreur que l'un d'eux devait être l'homme qui avait tenté de l'assassiner à l'auberge et la panique l'engloutit. Alors elle se rappela l'homme qui avait su la protéger : Hugo, son cher Hugo! L'évoquer lui donna le courage de dissimuler la peur qui l'étreignait. Elle ne se laisserait pas intimider par le prince ni par les Chinois qui l'entouraient.

D'un pas ferme et décidé, elle avança sur un épais tapis qui étouffait tous les bruits. Mais la voyant s'approcher, le faux mandarin s'était dressé de son siège et, d'une voix non plus sourde mais rugissante, il se mit à hurler :

– Chienne! Comment osez-vous vous approcher de mon trône sans que je vous y aie invitée?

Suffoquée, la jeune fille s'arrêta. Ses yeux s'étaient habitués à la pénombre enfumée. Du haut des marches, Hedwig la dominait comme un géant et dans ses pupilles dilatées luisaient des éclairs de folie.

La jeune Anglaise vit aussi que le prince n'était pas seul sous son dais de potentat : une autre Chinoise, jeune celle-là, était accroupie à ses côtés et manipulait une longue pipe tandis que, sur un minuscule fourneau, une substance qui dégageait une odeur douceâtre était portée à incandescence.

Répercutée par l'écho dans la vaste pièce, la voix d'Hedwig s'éleva, plus tonitruante encore.

– Je suis ton Seigneur et ton Maître! Et je t'interdis de bouger avant que je te l'ordonne. Agenouille-toi au pied de mon trône, vile créature!

D'un doigt impérieux, il lui désignait le sol.

Décidée à ne pas obéir, Camilla entreprit de le raisonner, comme on parle à quelqu'un dont l'esprit s'égare.

– Je ne suis pas une vile créature, protesta-t-elle en affectant une sérénité qu'elle était loin d'éprouver. Je suis Camilla, votre future femme. Ne me reconnaissez-vous pas ?

– Tu es *une* femme et rien de plus. Tu me dois obéissance comme tous ceux qui sont ici ! Prosterne-toi devant ton Maître !

En plein délire, Hedwig psalmodiait ses mots comme un malade en état de transe.

– C'est ridicule, dit la jeune fille en reprenant de l'assurance. Je n'ai pas à m'agenouiller à vos pieds ni à ceux de qui que ce soit ! S'il est exact que vous désirez me parler, je suis prête à vous écouter. Sinon, je me retirerai.

– Tu m'obéiras, chienne !

La voix ne s'égosillait plus, elle était cinglante de rage et l'injure qu'elle proférait avait l'impact d'un immonde crachat.

Hedwig claqua des doigts. Horrifiée, Camilla vit deux Chinois émerger de l'ombre. Ils la saisirent par les épaules et l'obligèrent à se prosterner. Surprise, elle n'avait pas songé à lutter, ce qui se serait d'ailleurs avéré inutile. Les deux hommes s'immobilisèrent à ses côtés, continuant à la maîtriser d'une poigne implacable.

– Comment osez-vous me traiter ainsi ? s'exclama-t-elle, furieuse d'être maintenue dans cette position humiliante. Comment osez-vous permettre à ces hommes de porter la main sur moi ?

– Le front dans la poussière ! commanda le prince d'une voix stridente.

Tandis que ses tortionnaires l'obligeaient à baisser la tête, Camilla comprit avec horreur qu'elle avait bel et bien affaire à un fou! Seul un fou, sous l'emprise de quelque drogue maléfique, pouvait montrer des yeux aussi terrifiants, prononcer des paroles aussi démentes, se croire un tyran d'une autre ère, et se comporter comme tel!

– Non! Non! criait la jeune fille en essayant de se débattre.

Elle avait réussi à relever un peu la tête. Le visage d'Hedwig, tordu par la fureur démoniaque qui s'était emparée de lui, ressemblait au mufle d'une bête et n'avait plus rien d'humain.

Camilla vit ensuite la jeune Chinoise accroupie près du trône se relever et tendre au forcené un long objet bizarre qu'elle ne put identifier. Sur un ordre bref, l'un des deux serviteurs qui la terrassaient déchira d'un geste brutal le haut de sa robe, et ses épaules dénudées éprouvèrent une souffrance atroce en même temps que le sifflement d'un fouet parvenait à ses oreilles.

A ses hurlements répondit un rire sardonique et le fouet s'abattit à nouveau sur son dos. Voyant ses deux gardiens se prosterner à terre, elle comprit que ce n'était plus eux qui la maintenaient mais Hedwig dont la force semblait décuplée.

Il l'avait obligée à se relever et, lui pétrissant le bras d'une main de fer il continuait à la fouetter aveuglément. Sa fureur était telle que l'infortunée crut sa dernière heure arrivée. L'insensé riait toujours en vomissant des injures mais une autre voix, soudain, couvrit la sienne.

– Cela suffit... pour cette fois! commanda la Chinoise.

Le prince lâcha sa victime, qui s'écroula comme une marionnette dont on a coupé les fils. Dans un paroxysme d'horreur et de désespoir, Camilla perdit connaissance.

Quand elle revint à elle, elle était toujours couchée sur le sol, au centre du faux temple chinois, mais Hedwig et sa mystérieuse compagne ne se trouvaient plus sur le trône.

La jeune fille se releva péniblement. La tête complètement vide, elle se sentait prise de vertiges. Elle savait que les serviteurs asiatiques étaient là, tapis dans l'ombre et l'épiant. Aucun d'eux ne bougea tandis que, titubant, elle s'acheminait vers la sortie en ramenant sur sa poitrine les lambeaux de sa robe déchirée.

La première porte s'ouvrit devant elle sans qu'elle eût à la toucher, puis la deuxième.

Avec le sentiment de sortir de la plus affreuse des geôles, dès qu'elle eut atteint le grand couloir de marbre, Camilla se mit à courir. Elle atteignit sa chambre sans avoir rencontré âme qui vive.

Quand elle eut poussé la porte et découvert Rose qui l'attendait auprès de la coiffeuse, incapable de faire un pas de plus, elle s'effondra sur le sol.

– Mon Dieu! s'écria la soubrette, affolée. Que vous est-il arrivé, milady? Que vous a-t-on fait?

Plusieurs secondes s'écoulèrent avant que sa maîtresse pût articuler un mot.

– Allez... le chercher, balbutia-t-elle à travers ses larmes. Amenez-le-moi ici... auprès de moi... quoi qu'on puisse vous objecter... même si on essaye... de vous arrêter...

– Vous voulez dire... le capitaine Chevelry, milady? Mais je ne puis vous laisser dans cet état!

– Allez vite, Rose! Dites-lui qu'il faut qu'il vienne... tout de suite!

– Mais laissez-moi vous soigner d'abord!

– Non! Allez... allez vite!

Demeurée seule, Camilla parvint à se relever et se laissa tomber sur un siège. Elle se sentait trop faible pour bouger. Elle ne pouvait que rester là, tête baissée, le corps à tel point endolori qu'elle fut prise de nausées.

Elle commençait enfin à se détendre lorsqu'elle entendit un léger bruit. Il provenait d'une des fenêtres. Etait-elle à nouveau menacée? Les rideaux s'écartèrent devant Hugo qui s'élança vers elle.

– Ce que vous me faites faire là est une pure folie! s'écria-t-il, mais j'ai compris qu'il se passait quelque chose de grave...

Il s'interrompit car elle avait relevé la tête et il venait de découvrir sa pâleur de cire, ses épaules tuméfiées et sa robe lacérée.

Elle fit un effort pour se soulever et, se pendant à son cou, elle se remit à sangloter en donnant libre cours à son désespoir.

– Emmenez-moi d'ici, supplia-t-elle. Je veux rentrer chez mes parents. Cet homme est fou... fou furieux! Jamais je ne l'épouserai! Emmenez-moi avant qu'il me tue!

– Calmez-vous, mon amour, dit Hugo, bouleversé, en resserrant son étreinte. Dites-moi ce qui s'est passé, je vous en conjure!

Camilla laissa tomber sa tête contre la poitrine du jeune homme qui, atterré découvrit les marques qu'avait laissées le fouet sur le dos et sur la nuque de la jeune fille. Du coup, son sang ne fit qu'un tour.

– Par le diable! s'exclama-t-il, qui a pu vous martyriser de la sorte? Je le tuerai!

– Non, non, supplia-t-elle en pleurant. Tout ce que je vous demande, c'est de m'emmener d'ici! Je ne veux pas y rester une minute de plus. Cet homme est un monstre!

Hugo prit la jeune fille dans ses bras et la porta jusqu'au lit.

– Maintenant, ma bien-aimée, dit-il en s'asseyant à son chevet, racontez-moi en détail ce qui s'est passé.

D'une voix brisée, butant sur chaque mot tant elle était encore sous le coup du choc qu'elle avait subi, Camilla raconta les tourments atroces qu'elle venait de vivre.

– Vous le voyez, aucune femme au monde ne pourrait épouser cet homme, conclut-elle. C'est un fou... un fou dangereux!

– C'est surtout un malade, un drogué que l'usage de l'opium a réduit à cet état lamentable. J'aurais dû m'écouter et vous empêcher de subir cette épreuve abominable en vous délivrant de lui dès que j'ai appris la chose.

– Ainsi... vous saviez?

– Je ne savais pas que son état avait autant empiré. Mais au cours de cette journée à Meldenstein, on a fait allusion plusieurs fois devant moi aux dangereuses habitudes que le prince avait contractées en Extrême-Orient, à ces serviteurs chinois qu'il en avait ramenés.

– Je suis sûre que c'est l'un d'eux qui a cherché à me tuer l'autre soir à l'auberge!

– Oui, j'en ai acquis la certitude, et je comprends maintenant d'où est parti le coup. Cette Chinoise que vous avez vue auprès de lui est depuis longtemps la maîtresse du prince. N'ayant pu se débarrasser de vous, elle s'est résignée à vous admettre, mais seulement comme une esclave de plus dans le harem de son amant dont elle est la pourvoyeuse!

– Et Hedwig se laisse ainsi mener par cette créature, lui qui se proclame orgueilleusement seigneur et maître de tout et de tous?

– Folie de mégalomane! Quand il est sous l'empire de l'opium qui en a fait un vieillard avant l'âge et le détruit chaque jour davantage, il n'est plus qu'un fantoche entre les mains de cette aventurière. Elle peut tout obtenir de lui, dans ces moments.

– Oh! je vous en prie, emmenez-moi! Arrachez-moi à cette horreur! supplia la jeune fille en se tordant les mains.

– Oui, c'est ce que je dois faire, dit Hugo d'un air résolu. Mais vous rendez-vous compte des risques? Ce n'est pas à moi que je pense, mon amour, car je suis prêt à mourir pour vous. Mais si l'on nous rattrapait, pour vous... ce serait pire que la mort!

– Non, car je me tuerais! Tout, plutôt que de vivre dans un tel enfer!

– Nous devons agir avec la plus grande prudence... Si jamais nous étions découverts, nous serions perdus!

– C'est tout de suite, n'est-ce pas, que nous allons nous enfuir? demanda-t-elle avec angoisse.

Il la serra plus fort encore et ils scellèrent leur entente de ce baiser que leurs lèvres appelaient depuis tant de jours et qui les enivra de bonheur.

Avec la sensation qu'une flamme s'était mise à la brûler tout entière, Camilla se blottit dans les bras de son bien-aimé.

– Vous sentez-vous la force d'affronter les périls d'un enlèvement en pleine nuit? demanda Hugo d'une voix grave. Ah! si, par ma faute, il devait vous arriver malheur...

– Rien ne peut m'arriver si je suis avec vous! Mon cœur est plein de cette certitude!

– Puisse-t-il avoir raison! soupira-t-il en se levant pour gagner la porte qu'il entrouvrit avec précaution.

Rose faisait le guet sur le seuil.

– Mais comment avez-vous réussi à venir jusqu'ici? interrogea Camilla tandis qu'il faisait entrer la camériste.

– Par le balcon. Je ne pouvais risquer qu'on me voie. Depuis Wonsterbalden, nous sommes payés pour savoir que dans un palais princier, rien ne passe inaperçu.

– Mais... mon balcon n'est relié à aucun autre...

Chevelry eut un sourire malicieux.

– J'ai sauté. Mes années de collège à Oxford m'ont habitué à ce genre d'exercices.

– Vous auriez pu vous tuer!

– Comme vous le voyez, je ne suis pas mort.

Quittant ce ton badin, le jeune officier donna ses instructions à Rose.

– Ecoutez-moi bien. Allez vite trouver Harpen, mon valet, et dites-lui qu'il me faut absolument deux très bons chevaux. Qu'il s'arrange pour les faire seller sur l'heure, de manière qu'ils soient prêts dès que nous gagnerons les écuries. En traversant les couloirs, vérifiez s'ils sont déserts et si votre maîtresse courrait le risque de rencontrer quelqu'un en prenant l'escalier de service.

– Pas de danger, mon capitaine, affirma la soubrette. Il n'y a personne aux alentours car tous les domestiques font bombance dans les communs. Comme le personnel du palais sera très occupé demain, on lui permet de festoyer ce soir en l'honneur des futurs mariés.

– En ce cas, le ciel est avec nous! Allez vite, Rose. En revenant, vous escorterez votre maîtresse jusqu'au bas du petit escalier que vous trouverez tout de suite sur la droite. Je l'ai pris par hasard tout à l'heure et j'ai constaté qu'il débouchait assez près des écuries. Je vous y attendrai. Compris?

Rose acquiesça de la tête et disparut.

– Quant à vous, ma chérie, je pense que vous avez une tenue de cheval?

– Oui, Rose a dû la ranger par là...

– Etes-vous capable de vous habiller seule?

– J'ai fait cela toute ma vie! s'esclaffa-t-elle.

Elle se sentait soudain heureuse et gaie au-delà de toute expression. C'était le rêve de son adolescence qui se réalisait, celui que font toutes les jeunes filles: se faire enlever par l'homme aimé! Camilla avait le doux pressentiment qu'au bout de la périlleuse aventure l'attendait un bonheur immense!

– Par chance, poursuivit le capitaine, tout en réfléchissant à son plan, j'ai suffisamment d'argent. La princesse m'a remis une bourse substantielle pour me remercier de l'accomplissement de ma mission.

– J'ai, moi, trouvé une aumonière remplie de pièces d'or destinées à être jetées à la foule demain en sortant de la cathédrale. Je les nouerai dans un mouchoir que je cacherai sous ma ceinture.

– En de pareilles circonstances, rien n'est jamais de trop! approuva le jeune officier.

Il avait repris sa bien-aimée dans ses bras, mais se retenait de l'embrasser encore, se contentant de la dévorer d'un regard où brûlait sa passion.

– Je vous adore, murmura-t-il. Dites-moi que vous n'avez pas peur d'entreprendre avec moi cette aventure...

– Une seule chose pourrait me faire peur, c'est de rester ici!

Après avoir posé un baiser sur les boucles blondes de Camilla, Hugo trouva la force de se dètacher d'elle et se dirigea vers la fenêtre.

– Prenez garde, mon amour, prenez bien garde à vous! supplia-t-elle.

Sur un sourire rassurant, il disparut et son amoureuse demeura clouée sur place dans la crainte affreuse d'entendre une plainte ou un gémissement lui annoncer une chute dans le vide...

Mais rien ne vint rompre le silence de la nuit. Alors, fouillant dans sa garde-robe, Camilla eut tôt fait d'y trouver son costume d'équitation qu'elle revêtit en hâte. De l'élégante amazone qui faisait partie de son trousseau princier, elle s'empressa de supprimer la jupe et, rejetant également le haut-de-forme de velours entouré d'un long voile, elle enfouit ses cheveux dans un béret très simple qui attirerait d'autant moins les regards qu'elle en avait retiré la plume qui l'ornait. Ainsi habillée, culottée et bottée, on pouvait facilement la prendre pour un jeune cavalier.

Rose elle-même faillit s'y tromper lorsqu'elle entra dans la chambre.

– Avez-vous pu joindre Harpen? interrogea sa maîtresse.

– Oui, milady, et avec quelle joie il s'est mis en branle! Lui aussi avait entendu les pires rumeurs sur le prince Hedwig.

– Vraiment? Pourvu que ce fou ne se livre pas à des représailles! Ecoutez, ma petite Rose, je suis navrée de vous laisser ici derrière moi. Mais prenez quelques-unes de ces pièces d'or, et demandez à Master Harpen de vous ramener en Angleterre dès que possible!

– Ne vous faites pas de souci pour moi, milady. C'est déjà tout combiné pour demain! Dépêchez-vous maintenant, les couloirs sont déserts, tous les valets sont en train de se saouler et de rouler sous les tables en braillant en chœur!

Priant pour que tout se passe bien, Camilla s'engagea dans l'escalier dérobé. Guidée par la lointaine lueur d'une lanterne, elle ne fut pas longue à arriver aux écuries. Une silhouette jaillit soudain de l'ombre et elle étouffa un cri de frayeur, qui se changea en allégresse dès qu'elle eut reconnu Hugo et constaté que celui-ci avait revêtu une livrée de piqueur.

– Les chevaux nous attendent par là, dit-il à voix basse. Harpen a fait croire aux garçons d'écurie qu'un des pages du margrave s'était trouvé mal et qu'on m'avait chargé, moi, de le ramener à Wonsterbalden.

– Mensonge astucieux! admira la jeune fille.

– Espérons qu'ils y croiront assez longtemps pour nous permettre de les distancer!

Camilla prit congé de Rose en l'embrassant avec affection et, après que servante et maîtresse se furent mutuellement souhaité bonne chance, les deux fugitifs se glissèrent à l'intérieur de l'écurie. Se dissimulant derrière les carrosses alignés, le couple parvint à une courette où deux bêtes sellées, tenues en bride par un jeune lad et un serviteur plus âgé, attendaient.

Dans sa joie, Camilla faillit se précipiter vers sa monture.

– Attention, lui dit son compagnon, calmez-vous, n'oubliez pas que vous êtes malade.

– C'est vrai... je n'y pensais plus...

Elle s'appuya sur son bras et s'avança d'un pas chancelant, sans parler, pour ne pas que les valets s'aperçoivent qu'elle ne parlait pas allemand.

Le faux piqueur aida le faux page à se mettre en selle et donna une pièce à chacun des valets, qui, peu curieux ou déjà trop éméchés, se hâtèrent de retourner faire ripaille.

La voie était libre et Chevelry dirigea les deux bêtes vers la grille qui séparait les écuries des avenues extérieures.

– N'allons pas trop vite, conseilla-t-il. Il ne faut surtout pas éveiller l'attention. A la vue de deux cavaliers passant au galop, une sentinelle pourrait s'aviser de faire du zèle en nous tirant dessus!

Camilla trouvait providentiel que son bien-aimé eût déjà résidé à Meldenstein. Il semblait très bien savoir se diriger dans la capitale et, fuyant les artères principales où des badauds s'attardaient à contempler les décorations échelonnées sur le trajet du cortège nuptial, il eut tôt fait, par des rues de traverse, d'atteindre la périphérie.

– Sitôt sortis de cette banlieue, annonça-t-il, nous pourrons piquer à travers champs et prendre de la vitesse.

Sa compagne se grisait de joie en aspirant à pleins poumons l'air du soir. La chaleur de la journée avait été chassée par une brise légère et, dans le clair de lune qui guidait leurs pas, de saines odeurs de campagne charriaient leur délicieuse fraîcheur.

– Nous sommes sauvés! exulta la jeune cavalière en lâchant la bride à son coursier.

– Pas encore! Il y a encore du chemin d'ici à l'Angleterre!

Tandis qu'ils galopaient côte à côte, tous deux étourdis par la vitesse, Hugo se mit à hurler, car ces mots-là, il tenait à ce que sa bien-aimée les entendît :

– Je t'aime, Camilla! Et par Dieu, tu avais raison! C'est le destin qui nous a réunis!

12

Les fugitifs atteignirent la rivière qui sépare Meldenstein de Wonsterbalden deux heures plus tard. Tandis qu'ils tiraient sur les rênes de leurs montures à bout de souffle, Camilla désigna à son compagnon des lumières vacillantes.

– Le pont est par là, je distingue la poterne.

– Il vaut mieux l'éviter, objecta Hugo. Nous allons franchir la rivière un peu plus en amont.

– Vous craignez donc qu'on ait déjà découvert notre fuite? demanda-t-elle avec inquiétude.

– Ce n'est pas impossible. Tout à l'heure, lorsque Harpen est venu me trouver en me disant qu'il avait un message urgent à me transmettre, j'étais en conversation avec notre ami le margrave, dont vous connaissez la curiosité. Ne me voyant pas revenir, il a fort bien pu s'enquérir des motifs de ma disparition. Et après ce qui s'est passé dans son propre château, il se doutera que je vous ai rejointe.

– Et vous croyez qu'on se serait déjà lancé à notre poursuite?

Il vit qu'elle s'était remise à trembler.

– C'est plus que probable, mon cher amour. Venez, il ne faut pas nous attarder ici.

Il fit faire volte-face à son cheval et le dirigea vers la rivière. Camilla lui emboîta le pas. Une centaine de mètres plus loin ils s'arrêtèrent devant une sorte de gué.

– Nous allons tenter de traverser ici, dit le jeune officier. Les eaux doivent être plus profondes vers le milieu de la rivière et nos bêtes devront nager, mais il nous faut à tout prix sortir de la principauté! Accrochez-vous au pommeau de votre selle et, surtout, tâchez de ne pas lâcher prise. Le courant pourrait vous entraîner.

Camilla n'avait jamais traversé de rivière à cheval mais elle était assez bonne cavalière pour faire face à la situation. Les chevaux devaient être rompus à ce genre d'exercice, car ils atteignirent l'autre rive sans trop de difficulté.

Le couple mit pied à terre quelques instants.

– Il nous faut repartir et faire encore deux heures de chevauchée. En aurez-vous la force?

– Bien sûr! dit fièrement la fugitive.

Son dos la faisait souffrir mais elle ne voulait pas que son sauveteur la prît pour une mauviette!

L'eau froide avait rafraîchi les coursiers, qui repartirent à fond de train. Par bonheur, la pleine lune éclairait le chemin devant les deux cavaliers qui parvinrent à maintenir ce rythme le temps qu'ils s'étaient prescrit.

Enfin, Chevelry se décida à faire une courte halte à l'orée d'un bois. Lorsqu'il aida sa compagne à descendre de cheval, il sentit le corps frêle de la cavalière s'appesantir dans ses bras. Elle n'avait pu se défendre d'un moment de faiblesse mais reprit vite des forces après qu'il l'eut étendue au pied d'un arbre.

– Allons-nous rester longtemps ici? demanda-t-elle en voyant Hugo ôter la selle des chevaux.

– Je viens d'avoir une idée pour nous procurer des montures fraîches. J'ai remarqué hier, quand nous avons traversé le bourg voisin, qu'il y avait un relais de poste. De nombreux invités en route pour Meldenstein ont dû changer de chevaux à l'auberge.

– Mais n'est-il pas dangereux de vous y montrer en demandant à relayer à cette heure tardive?

– A cette heure tardive, justement, les chevaux doivent paître dans le pré, répondit Hugo avec un sourire en coin. On m'a toujours dit qu'un échange loyal n'avait rien de malhonnête en soi.

– En effet, deux bêtes fatiguées contre deux autres bien reposées... Mais si on vous surprenait en pleine opération?

– C'est un risque qu'il faut courir!

Il s'assit pour enlever ses bottes qu'il vida de l'eau qu'elles contenaient encore.

– Nous devrions faire un feu, suggéra-t-il. Vous profiterez de mon absence pour retirer vos vêtements et les faire sécher. Je n'aimerais pas que vous attrapiez une bronchite...

– Bah! J'ai déjà été trempée bien des fois dans ma vie!

– Savez-vous que vous êtes merveilleuse? s'exclama-t-il avec une tendresse admirative. Il y a en vous un tel mélange de féminité et de courage! Vous paraissez si frêle et pourtant, vous avez plus d'endurance que bien des hommes...

– Je soutiendrai mon effort jusqu'au bout, je vous le promets.

Hugo se pencha pour déposer un baiser passionné sur la main de la jeune fille qui frissonna à ce doux contact.

– Nous sommes encore en grand danger, n'est-ce pas? demanda-t-elle, sachant que son sauveteur avait trop de droiture pour lui cacher la vérité.

– Si l'on nous rattrapait, répondit-il d'une voix grave, vous seriez ramenée là-bas. Et c'est une perspective que je ne veux même pas envisager.

– Et vous, mon bien-aimé? Que ferait-on de vous?

– Oh! moi, en ma qualité de sujet britannique, théoriquement on ne pourrait rien me faire. Mais je serais la victime toute désignée d'un « accident » fatal...

Tremblante, elle se blottit contre lui.

– Non, ils ne nous captureront pas! s'écria-t-elle, farouche. Où serons-nous vraiment en sécurité?

– Je ne vois aucun asile réellement sûr pour nous avant l'ambassade d'Angleterre, à Anvers. Une route encore bien longue, mon ange...

– Elle ne sera pas longue puisque nous sommes ensemble...

De nouveau il lui baisa la main avec ferveur, attardant ses lèvres sur chacun des doigts fins puis sur le poignet délicat où, sous la peau satinée, il sentait battre le pouls.

– A Anvers..., murmura-t-elle, nous nous marierons, n'est-ce pas? Vous le voulez bien?

– Je le désire plus que tout au monde! Mais songez, mon amour chéri, que nous allons au-devant d'une vie difficile, sans parler du problème de votre famille. Je n'ai rien à vous offrir...

– Mes parents comprendront, j'en ai la conviction. Ils ont été trompés par ce von Helm, qui leur a caché l'état d'Hedwig. Jamais mon père ne m'aurait livrée à ce monstre s'il avait su la vérité.

– Ce malheureux est-il vraiment un monstre? Je suis certain que sa mère n'imaginait pas une seconde qu'il fût capable des cruautés auxquelles il s'est livré ce soir. A la vérité, cet homme a toujours été un faible, dominé d'abord par son père, puis par l'autorité maternelle, souvent oppressante. Echappant à cette tutelle, il est tombé dans les pièges de l'Orient, et cette maîtresse chinoise qu'il a ramenée de là-bas l'a initié à ce poison qu'est l'opium. Il en est, hélas! devenu l'esclave. C'est sous l'empire de la drogue qu'il se laisse aller aux sévices dont vous avez été victime...

– Au point d'avoir cherché à me faire assassiner par un de ses abominables Chinois!

– A mon avis, la tentative criminelle de l'auberge serait plutôt l'œuvre de cette vipère, son mauvais génie. Votre arrivée à Meldenstein risquait de ruiner sa position, elle était prête à tout pour la défendre! Après son premier échec, elle a pris le parti de réveiller les bas instincts du prince en l'intoxiquant avec des doses de plus en plus fortes et de renforcer son mépris pour les femmes de race blanche, publiquement affiché, paraît-il, depuis son retour. D'où cette scène atroce et son acharnement à vous humilier! Mais ne pensons plus à cela, mon ange adoré. Je vais vous allumer ce feu, et puis je m'occuperai des chevaux.

Les flammes ne tardèrent pas à s'élever du brasier improvisé.

– Soyez prudent, mon bien-aimé, cria Camilla en voyant son compagnon s'éloigner avec les bêtes. Je vais être follement inquiète jusqu'à votre retour...

– Je ne serai pas long, je vous le promets!

Une fois seule, la fugitive quitta sa tenue d'équitation et la mit à sécher. La nuit était tiède et, dans ses sous-vêtements qui étaient à peine humides, elle ne souffrit pas du froid. Elle éprouva même une sensation de bien-être et sombra dans un profond sommeil. Les événements dramatiques des derniers jours, les émotions, et les quatre heures de chevauchée avaient eu raison de sa résistance.

La jeune fille dormait lorsque Chevelry revint de son équipée. Il s'arrêta pour la contempler à la lueur des tisons qui rougeoyaient encore : avec ses bras croisés sur sa poitrine, son visage encadré de boucles blondes en désordre, elle avait la fraîcheur et l'innocence d'un enfant. Une admiration mêlée de tendresse adoucissait les traits de cet homme qui, à cette seconde, ne ressemblait plus guère au dandy blasé que toutes les dames de Londres s'arrachaient.

Il s'agenouilla auprès de la jeune fille et lui effleura délicatement les lèvres d'un baiser, qu'elle rendit, dans une demi-conscience, avant même de s'être réveillée... Ouvrant les yeux, elle se reblottit dans ses bras en murmurant :

– Vous êtes revenu...

– Oui, mon amour, mais nous devons repartir maintenant, avant le lever du jour...

Avec des gestes pleins de prévenance, il l'aida à se relever.

– Dépêchez-vous de remettre vos vêtements, ils sont secs...

– Oh! mon Dieu! s'écria-t-elle dans un sursaut de pudeur, rougissant d'être à demi nue devant lui.

– Je me retourne, je ne vous regarde pas, assura-t-il avec un sourire charmeur. Je vais seller les chevaux pendant que vous vous préparez.

Quelques instants plus tard, elle l'avait rejoint, dans son vêtement de jeune page.

– Je ne vous ai pas trop fait attendre? demanda-t-elle avec coquetterie.

– Non, vous êtes la ponctualité même! A défaut d'autres, ajouta-t-il d'un ton taquin, j'apprécierai au moins cette qualité chez mon épouse!

Elle rit tandis qu'il la remettait en selle. Et ils repartirent.

Leurs nouvelles montures étaient pleines de vivacité et de fougue. Celle de Camilla était un superbe pur-sang de race arabe. Tout attendrie, elle ne pouvait s'empêcher de le comparer au prestigieux Apollon. Il semblait aussi parfaitement dressé que l'autre et répondait avec vigueur à la cravache aussi bien qu'aux éperons.

Les premières lueurs de l'aube coloraient l'horizon. Une belle journée s'annonçait, et Camilla ne put s'empêcher de penser qu'à Meldenstein la foule devait déjà commencer à s'attrouper pour assister au défilé du cortège princier. Elle imaginait la consternation au palais, la déception du peuple lorsqu'on lui annoncerait, contre toute vraisemblance, que les fêtes nuptiales avaient été retardées!

Camilla songea à sa chère Rose. Pourvu qu'avec le dévoué Harpen elle ait pu s'échapper elle aussi!

Ils galopaient déjà depuis trois heures lorsque Hugo arrêta sa monture pour désigner à sa compagne une ferme isolée au milieu des arbres.

– Que penseriez-vous d'un petit déjeuner champêtre, mon ange? suggéra-t-il.

– Au risque de vous paraître bassement matérialiste, je vous avouerai que je meurs de faim.

– Et moi donc! Allons-y, prenons le risque. Comme dit un proverbe français : « Ventre affamé n'a pas d'oreilles. » Je ne pense pas, même si toute la cavalerie de Meldenstein s'est lancée à nos trousses, qu'on nous débusque ici!

Quelques mètres à peine les séparaient de la chaumière où ils trouvèrent une accorte paysanne. Hugo n'eut pas trop de mal à lui expliquer par gestes qu'ils désiraient se restaurer. La fermière leur fit les honneurs d'une vaste cuisine luisant de propreté qui paraissait sortir d'un tableau de la Renaissance flamande, avec ses étains et ses cuivres amoureusement astiqués.

Les œufs frais, le jambon fumé, le fromage de chèvre et le pain bis qui leur furent servis avec un bol de lait fumant semblèrent aux voyageurs un festin de rois. Leur hôtesse fut visiblement ravie des pièces d'or qu'elle reçut en échange de son aimable accueil mais les deux amoureux convinrent que la joie et la détente que cette brave femme leur avait procurées étaient inappréciables.

Ils repartirent à vive allure et ne s'arrêtèrent que lorsque le soleil fut au zénith.

Pour cette seconde halte, ils eurent moins de chance. La chère était médiocre et le fermier, d'humeur maussade, leur posa des questions. A coup sûr, il n'aimait pas les étrangers. Il avait sans doute eu maille à partir avec les armées napoléoniennes et contre toute logique, il détestait aussi leurs vainqueurs, les Anglais.

– Déplaisant bonhomme, conclut Chevelry après en avoir pris congé.

Il expliqua à Camilla, qui n'avait pas compris grand-chose à leur dialogue en mauvais allemand, que les populations, à la suite des guerres incessantes, avaient pris en grippe tout ce qui, de près ou de loin, leur rappelait le militarisme. Cette constatation mettait le jeune officier hors de lui.

– Vous aimez donc à tel point la vie militaire? demanda la jeune fille en soupirant. J'avais espéré que vous ne resteriez pas dans l'armée...

– L'aurais-je voulu que je n'en aurai plus les moyens, ma chérie, puisque j'aurai désormais une élégante épouse à entretenir!

– Oh! Je ne suis pas dépensière, vous verrez, Hugo! Mais... il vous sera sans doute difficile de quitter votre cher régiment...

– Je ne souhaite rien d'autre au monde que d'être auprès de vous, mon amour. Sitôt rentrés en Angleterre, je me mettrai en quête d'un emploi rémunérateur, mais je pressens, hélas! que notre vie ne sera guère facile.

– J'ai réfléchi à autre chose, déclara Camilla, un pli creusant son joli front. Mon père m'avait dit en me quittant qu'il lui restait suffisamment d'argent pour pouvoir subsister quelques mois, mais... ne se sentira-t-il pas tenu, à la suite du scandale, de le restituer à la principauté de Meldenstein?

– Je voudrais bien voir cela! Après les sévices qu'on vous a fait subir et que je compte dénoncer publiquement!

– Maman saura persuader mon père de ne pas céder à un faux préjugé d'honneur. Elle a toujours exercé une grande influence sur lui.

– Vous vous êtes révélée une maîtresse femme. Vous me mènerez aussi par le bout du nez, je le crains!

Ils rirent de bon cœur. Mais le temps n'était pas encore au badinage et il ne fallait pas s'attarder plus longtemps.

Ils repartirent, mais cette fois, la fatigue se faisait nettement sentir, autant dans l'allant des cavaliers que dans la vivacité de leurs montures.

Les fugitifs éprouvèrent un léger réconfort à franchir la frontière belge. Certes, le risque d'être rejoints était toujours comme une épée de Damoclès suspendue au-dessus de leurs têtes, mais Hugo se faisait fort d'atteindre Anvers dès le lendemain... Anvers... l'ambassade anglaise... le salut et la sécurité!

En attendant, il s'agissait de trouver un endroit où faire halte pour la nuit et, en approchant d'un relais de poste, ils décidèrent d'user de la même tactique que la veille : Camilla se cacha dans un petit bois à proximité tandis que son protecteur partait aux alentours en éclaireur.

Cette fois-ci, Camilla ne s'endormit pas. Elle avait confusément le pressentiment que Hugo courait un danger. L'œil aux aguets, elle épiait son retour avec une inquiétude grandissante.

Lorsqu'il reparut enfin, elle poussa un cri de joie et se jeta dans ses bras.

– Ah! J'avais si peur!... si peur que vous ne reveniez pas...

Les mots s'étranglèrent dans sa gorge lorsqu'elle vit que Hugo avait du sang sur le front et une blessure à la main...

– Je me suis fait surprendre, expliqua-t-il. J'ai dû me battre au couteau avec un énergumène. Je l'ai laissé sans connaissance mais nous pouvons être certains que, sitôt revenu à lui, il ameutera tout le village... Venez, il faut fuir!

Rapidement, ils reprirent la route. Camilla s'attendait sans cesse à entendre les clameurs de leurs poursuivants, des bruits de sabots et même des sifflements de balles.

Après une heure de chevauchée, Hugo arrêta son cheval et scruta avec attention les environs. Seule la nuit calme les entourait.

– Je pense que nous les avons semés. Il faut vous reposer un peu, Camilla.

– Non, non, je peux continuer.

Sans lui répondre, il la saisit par la taille, la prit dans ses bras et la porta jusqu'à une meule de foin où il l'étendit.

Camilla comprit alors combien elle était lasse. Son corps était moulu et, sur ses épaules et sur son dos, les traces laissées par le fouet étaient comme des langues de feu qui lui brûlaient les chairs.

Elle s'endormit comme une masse.

Il lui sembla que ses yeux venaient tout juste de se fermer quand, sentant une main lui caresser l'avant-bras, elle se réveilla pour constater qu'il faisait déjà jour.

– Mon amour, il nous faut repartir, murmurait la voix qu'elle aimait tant. Il le faut... Allons...

Camilla était encore étourdie de sommeil lorsqu'elle se remit en selle. Trente nouvelles lieues furent couvertes à bonne allure. Plus loin! Toujours plus loin! Leur course se poursuivit, inexorable, jusqu'au moment où, au grand soulagement de Camilla épuisée, son compagnon se décida à faire une courte halte au bord d'un ruisseau afin de permettre à leurs montures de se désaltérer.

– Avez-vous faim, ma chérie? s'enquit Chevelry.

– Oui, mais je ne veux pas y penser.

– Je n'ose pas prendre le risque d'aller demander un petit déjeuner dans une ferme. Nous serions dénoncés aussitôt, je le crains...

– Eh bien, nous nous en passerons! D'ailleurs, voyez..., ajouta-t-elle en désignant le sol, voici notre breakfast qui nous attend...

Au pied des buissons, une multitude de fraises sauvages émergeaient d'entre les feuilles. Descendant de cheval, les deux fugitifs les cueillirent à pleines mains, dévorant avec avidité le fruit un peu âcre mais néanmoins délicieux.

– Nous allons encore parcourir une traite, décida le jeune officier, et je vous promets alors un repas plus substantiel. Qui sait? Nous trouverons peut-être aussi un lit pour prendre un peu de repos. Je ne veux pas vous voir périr d'inanition et de fatigue avant que nous n'arrivions à bon port.

– Je peux encore tenir, affirma-t-elle.

Cependant, ce fut avec satisfaction qu'après une nouvelle chevauchée elle entendit son compagnon annoncer qu'il se risquerait à demander asile dans l'auberge modeste et isolée qui venait d'apparaître au détour du chemin.

– Je ne crois pas que mes ennemis d'hier soir viendront me dénicher ici, affirma Hugo. Quant aux uhlans de Meldenstein, ils doivent nous chercher sur les grandes routes.

Devant l'aspect hirsute des voyageurs, l'aubergiste ne leur fit pas bonne figure; mais la vue des pièces d'or changea son humeur. Il accepta de leur préparer un repas substantiel et mit deux chambres à leur disposition pour leur permettre de faire un peu de toilette.

S'apercevant dans un miroir, Camilla ne put retenir un cri d'horreur. Echevelée, le visage couvert de poussière, bottes et habits maculés de boue, elle ressemblait à un épouvantail à moineaux! La patronne, à qui elle expliqua qu'elle voyageait habillée en garçon pour plus de commodité, accepta de brosser ses effets, de nettoyer ses bottes et de lui fournir de quoi procéder à quelques sommaires ablutions. Certes, on était loin de la salle de bains en marbre du palais princier, mais la fugitive se plongea avec volupté dans l'eau chaude et apprécia plus encore la courte sieste qu'elle s'octroya ensuite.

Pour éviter les regards indiscrets, ils avaient demandé que le repas leur fût servi non pas dans la salle commune mais dans une minuscule pièce près de la cuisine. Ils étaient si affamés qu'ils ne songeaient qu'à dévorer en silence les mets qu'on leur présentait...

L'ultime morceau avalé, les amoureux s'abandonnèrent à la détente. Rejetant sa chaise en arrière, Hugo, un dernier verre de vin rouge à la main, contemplait sa compagne d'un œil amusé et admiratif.

– Je ne sais pas comment vous faites pour avoir l'air aussi fraîche qu'un bouton de rose, conclut-il à la fin de son observation. Vous auriez des vêtements plus en rapport avec votre sexe, on vous prendrait pour un bibelot en porcelaine de Dresde!

– C'est ma mère qui serait heureuse d'entendre un tel compliment. Un Saxe, moi! Alors que, depuis mon enfance, elle me reproche d'être un garçon manqué! Savez-vous qu'il m'arrivait de vaincre mon frère à la course ou à la nage? Maman trouvait ma robustesse indigne d'une lady!

– C'est grâce à cet entraînement que vous avez pu surmonter les fatigues de ces deux jours éprouvants. Oh! ma chérie, je peux vous avouer que j'ai tremblé de peur à l'idée de vous voir vous effondrer aux pieds de votre cheval.

– Cela peut encore arriver, avertit-elle sans réussir à se persuader du contraire. Nous ne sommes pas aux portes d'Anvers, il s'en faut de beaucoup...

– Quelque vingt lieues à peine. L'aubergiste nous a promis des chevaux frais. Ce ne seront sûrement pas de très vaillants coursiers mais, si vous le préférez, je pourrais les faire atteler à une carriole. Vous y seriez plus confortablement installée.

– Et courir les routes, au risque d'être rejoints par les uhlans? A Dieu ne plaise! Non, nous continuerons par les sous-bois, et à cheval!

– En ce cas, remettons-nous en route immédiatement. Je ne nous sentirai réellement en sûreté que lorsque j'entendrai parler notre langue sur le sol anglais de notre ambassade.

Il lui avait tendu la main pour l'aider à se relever et ils se retrouvèrent presque inconsciemment dans les bras l'un de l'autre. Camilla abandonna sa tête contre l'épaule du jeune homme qui cueillit en se penchant le baiser que, depuis des heures, tous deux brûlaient d'envie d'échanger.

– Je vous adore, lui murmura-t-il avec une intense émotion.

Leurs bouches se reprirent mais ils savaient qu'ils devaient s'arracher à la douceur de cette étreinte...

Ils chevauchaient maintenant à une allure modérée car leurs montures médiocres ne pouvaient maintenir longtemps le galop.

L'après-midi s'avançait et Camilla éprouvait dans ses membres un tel engourdissement qu'elle craignit de voir la fatigue venir à bout de son endurance. Mais elle n'osa pas avouer à son compagnon qu'elle se sentait sur le point de tomber de sa selle. Au cours des derniers mois à Lambourn House, elle n'avait pu continuer à faire du cheval, son père ayant été contraint de vendre toute son écurie. Camilla le regrettait amèrement car sa forme de naguère l'avait abandonnée et seule son indomptable détermination lui permettait de tenir encore.

Au fur et à mesure de leur progression, le paysage avait changé : des canaux s'entrecroisaient maintenant au milieu des terres cultivées mais Camilla avait l'impression que ce plat pays n'en finissait plus de s'étendre. Redoutant de ne plus pouvoir demeurer très longtemps en selle, la fugitive, épuisée, laissa glisser ses rênes sur l'encolure de sa bête et s'accrocha des deux mains au pommeau, ainsi qu'elle l'avait fait pendant la traversée de la rivière.

Hugo s'aperçut de l'extrême fatigue de sa compagne et rapprocha sa monture de la sienne. S'emparant des rênes que Camilla avait lâchées, il se mit à guider les deux chevaux à une allure plus lente. La jeune fille le laissa faire sans protester car elle se demandait avec angoisse combien de temps ses nerfs pourraient la soutenir. Il ne fallait pas qu'elle connût la moindre défaillance, qu'à l'ultime minute leur courageuse entreprise se soldât par un échec!

Un instant plus tard, un cri de son compagnon lui fit reprendre courage.

– Regardez... Regardez, mon amour!

Au loin, Camilla distingua une mince ligne bleue dont la vue lui rendit espoir.

– La... mer..., essaya-t-elle d'articuler.

Mais l'émotion s'ajoutant à sa fatigue, sa voix s'étrangla dans sa gorge.

– Nous arrivons! Enfin! confirma Chevelry d'une voix joyeuse.

Du coup, elle retrouva la force de ressaisir les rênes. Une heure plus tard, les sabots de leurs chevaux résonnaient sur les pavés des premiers faubourgs d'Anvers.

Bien que l'ambassade anglaise ne fût pas éloignée des portes de la ville, Camilla eut l'impression de parcourir des lieues et des lieues avant que sa monture s'arrête enfin devant le haut portique à colonnes surmonté du drapeau de Sa Gracieuse Majesté George III.

Hugo avait aussitôt sauté à terre, mais Camilla, incapable du moindre mouvement, se laissa soulever et porter en haut du perron. En s'accrochant au cou de son compagnon, une ineffable sensation de bien-être l'envahit : elle était protégée, sauvée, à l'abri de tout danger! Son angoisse et sa peur avaient disparu, sinon sa fatigue extrême.

Elle entendit Chevelry crier à une rangée de laquais éberlués que leur irruption avait sidérés :

– Je désire voir sur-le-champ Son Excellence l'ambassadeur!

On s'était penché sur Camilla qui, les yeux mi-clos, avait cru discerner l'habit chamarré d'un personnage plus important, un majordome sans doute. Puis elle s'était abandonnée, telle une mourante – dont elle avait la pâleur – à son dernier soupir...

– Non! décida Chevelry, conduisez-moi d'abord à un appartement où je puisse étendre cette jeune fille...

Dans une semi-conscience, Camilla sentit qu'on gravissait un escalier, puis qu'on la déposait avec précaution sur une couche. Lorsque le bras protecteur de son bien-aimé se détacha d'elle, elle voulut le retenir pour crier à Hugo qu'elle l'aimait, mais des nuages de plus en plus denses la submergeaient... Elle poussa un léger soupir et perdit connaissance.

Son évanouissement avait-il duré quelques heures ou un court instant? Camilla, lorsqu'elle revint à elle, eût été bien incapable de le dire. Mais elle entendit aussitôt plusieurs voix féminines qui parlaient anglais, celles d'une imposante femme de charge entourée de deux caméristes plus jeunes.

– Buvez ceci, milady, dit la personne âgée en glissant entre les lèvres de la jeune fille une cuillerée de brandy qui raviva ses couleurs et la sortit de sa torpeur.

– Je... je suis désolée... de vous donner... tout ce mal, murmura-t-elle d'une voix éteinte.

– Ne soyez pas désolée, lui répondit l'intendante avec un sourire. Son Excellence m'a chargée de prendre soin de Votre Grâce. J'ai cru comprendre que vous aviez fait une longue randonnée à cheval. Ce qu'il vous faut, c'est d'abord un bain chaud avec les sels spéciaux que Mme l'ambassadrice utilise quand elle est très fatiguée, et ensuite, un bon massage.

– Je m'en veux de m'être si stupidement évanouie à la dernière minute mais, voyez-vous, je... je n'en pouvais plus...

– Reprenez encore un peu de ce brandy.

Camilla ne résista pas à ce conseil affectueusement autoritaire. Il lui rappelait sa vieille « Nanny » qui avait soigné ses « bobos » de petite fille. Elle prit son bain, se soumit de bonne grâce à la séance de massage. Enfin, elle avala un consommé bien chaud qui acheva de la ragaillardir.

– C'est un miracle, je ne ressens presque plus mes courbatures, constata avec ravissement la fille de lord Lambourn. Il faut que je remercie tout de suite Mme l'ambassadrice de ses attentions.

– Lady Dewaern est en voyage avec ses enfants et seul notre maître réside à l'ambassade, en ce moment. Il doit certainement attendre Votre Grâce en bas, dans son bureau, et si vous le voulez bien, milady, nous allons procéder à votre toilette.

Les deux jeunes soubrettes reparurent sur ces entrefaites, chargées, l'une, d'une ravissante robe de satin, et l'autre, de pièces de lingerie, bas, souliers, bref, de quoi constituer une élégante tenue de cour.

– J'ai pris la liberté, expliqua l'intendante, d'emprunter pour Votre Grâce tout ce qui était nécessaire dans la garde-robe de la fille aînée de son Excellence. Par bonheur, elle semble avoir votre taille.

– En effet, j'ai l'impression que tout ceci m'ira à merveille!

La femme de charge eut un sourire complice, et ajouta :

– Comme on m'a donné à entendre qu'il était question d'un mariage, j'ai pensé que cette toilette blanche conviendrait tout à fait. Ces jeunes filles vous arrangeront une coiffure en piquant quelques camélias dans vos cheveux avec, peut-être, un joli nœud de tulle qui tiendra lieu de voile de mariée...

« Question d'un mariage? » Le cœur de Camilla bondit dans sa poitrine. Ainsi, Hugo avait pu obtenir de l'ambassadeur qu'ils soient unis l'un à l'autre sans attendre! Etait-il possible qu'un tel bonheur leur échût enfin?

Tout en s'habillant, la jeune fille passa devant la fenêtre et vit devant les grilles fermées de l'ambassade une compagnie de cavaliers! Aucun doute, la fiancée princière reconnaissait leur uniforme! On ne pouvait s'y méprendre : c'était celui des uhlans de Meldenstein!

Ils avaient donc réussi à retrouver sa trace! Elle était de nouveau prisonnière! Des tractations diplomatiques avaient dû se faire entre l'ambassadeur d'Angleterre et ces émissaires de la principauté. Et ce mariage dont on venait de lui parler n'était pas celui dont elle rêvait, mais la chaîne inexorable qui allait la lier pour toujours à un dément!

Atterrée, Camilla se tourna vers ses femmes d'atours.

– On vous a parlé d'un mariage? demanda-t-elle. De quoi s'agit-il? Vais-je avoir à repartir?

– Calmez-vous, milady, vous m'en demandez plus que je n'en sais, répondit l'intendante, confuse. Je me suis sans doute montrée indiscrète... Son Excellence vous expliquera ce qu'il en est exactement.

Camilla acheva en hâte de se parer et de se coiffer puis, après avoir constaté d'un regard inquiet jeté par la croisée que l'escadron à cheval était toujours là, elle demanda, le cœur serré, à être conduite au plus tôt auprès de l'ambassadeur.

Un laquais l'introduisit dans une vaste pièce richement meublée. Elle vit s'avancer vers elle un seigneur de grande allure qui, tandis qu'elle esquissait une révérence, la releva en lui prenant affectueusement la main.

– Vous me voyez très heureux, lui dit-il en souriant, d'accueillir ici la fille de mon collègue et ami lord Lambourn. J'espère que vous êtes un peu remise des fatigues de l'éprouvant voyage que m'a décrit le capitaine Chevelry.

– Je remercie Votre Excellence de son hospitalité et de toutes les prévenances dont j'ai été entourée, mais...

– Venez vous asseoir, ma chère enfant, dit l'ambassadeur en l'entraînant jusqu'à un sofa placé en face de la cheminée où il prit place à ses côtés. Nous avons à parler sérieusement, vous et moi.

– J'implore votre protection, Excellence...

– Et je suis prêt à vous l'accorder. Mais les circonstances qui vous ont amenée ici vous placent dans une situation extrêmement délicate. Les conséquences peuvent en être graves...

– Des conséquences? interrogea-t-elle, de plus en plus alarmée.

– Voyons, résumons-nous, poursuivit lord Dewaern. Votre Grâce est venue d'Angleterre pour épouser Son Altesse Sérénissime le prince de Meldenstein. D'après le rapport que m'a fait le capitaine Chevelry, je vous comprends parfaitement de vous être affranchie à la dernière minute de ce mariage. Selon toutes apparences, il aurait porté atteinte à votre santé physique et morale en même temps qu'à votre dignité. Personnellement, j'estime de mon devoir de faire respecter en vous la citoyenne britannique. C'est à dire une de mes ressortissantes.

– Oh! Merci... merci, milord!

– Cependant, si indigne qu'il soit des hautes fonctions qu'il occupe, le prince de Meldenstein n'en est pas moins le souverain régnant d'un Etat qui entretient d'excellentes relations avec la cour d'Angleterre. En conséquence, lorsqu'il m'envoie un escadron de cavalerie, comme c'est le cas, pour escorter jusqu'en son territoire celle qui est sur le point de devenir son épouse – laquelle se serait, d'après lui, malencontreusement égarée en cours de route –, je puis le faire lanterner un peu, sous prétexte de consultation en haut lieu, mais tôt ou tard, je devrai bien, sur le plan diplomatique, m'incliner devant son bon droit.

– Je supplie Votre Excellence de ne pas me livrer à cet homme! Il doit bien y avoir un moyen...

– Il y en a un justement, et c'est ce moyen que je vous propose.

L'ambassadeur parut réfléchir un instant avant d'exposer son plan.

– Je ne puis donc refuser de restituer au prince de Meldenstein la fiancée qui lui a été légalement promise. Mais si j'apporte la preuve que j'ai sous mon toit, non pas une future princesse germanique, mais l'épouse légitime d'un officier anglais, c'est une autre paire de manches! Si fou qu'il soit, Hedwig préférera étouffer l'affaire plutôt que de se couvrir de ridicule en intentant un procès en divorce qui aboutirait à faire monter sur son trône une femme déjà mariée et, il faut bien l'admettre, passablement compromise par toute cette aventure... Que pensez-vous de cette solution, chère lady Camilla? Elle a ses avantages, certes, mais je vous le répète, vous en sortirez, eh oui!... *compromise* aux yeux de la bonne société de Londres... Elle vous montrera du doigt!

Camilla comprit que lord Dewaern la taquinait avant de se décider à lui annoncer la bonne tournure que prenaient les événements. Aussi est-ce avec le plus gracieux sourire qu'elle lui répondit :

– Votre Excellence me jugera-t-elle sévèrement si je lui avoue qu'en l'occurrence je me moque éperdument du qu'en-dira-t-on?

– Parfait! En ce cas, il ne me reste plus qu'à faire procéder par mon chapelain à ce mariage qui vous soustraira pour toujours à l'autorité du prince de Meldenstein. Ah! Un dernier détail... Le capitaine Chevelry, du 5e régiment de dragons de Sa Majesté, s'est porté volontaire pour l'accomplissement de la formalité en question. Avez-vous la moindre objection, milady?

Trop émue pour poursuivre le badinage, Camilla

se contenta d'un hochement de tête négatif. L'ambassadeur s'inclina en souriant et ouvrit la porte d'un cabinet voisin...

– Entrez, mon ami, dit-il d'un ton jovial. Votre demande est agréée!

Hugo avança d'un pas dans la pièce. Lui aussi avait fait quelques emprunts dans les différentes garde-robes de l'ambassade. Il avait retrouvé son élégance de naguère. Le bonheur irradiait son visage et en avait gommé toute trace de fatigue. Plus que jamais, celle qui allait devenir son épouse fut sensible à sa beauté virile.

Ils s'étaient jetés dans les bras l'un de l'autre et, tandis que s'approchait le chapelain entré avec Hugo dans la pièce, lord Dewaern s'écria non sans componction :

– Allons, mon Père, dépêchons-nous de marier ces enfants.

– Je voudrais bien voir ces uhlans quitter les portes de l'ambassade, soupira Camilla.

– Elles n'en seront pas dégagées pour autant, mon amour, avertit Hugo. Car ils seront aussitôt remplacés par d'autres militaires, belges cette fois.

– Belges? dit-elle en sursautant. Qu'est-ce que la Belgique peut avoir à me reprocher?

– A vous rien. Mais, à moi, un double vol de chevaux!

– Comment? Mais ce n'était qu'un échange...

– C'est le motif qu'ont trouvé le prince Hedwig et le margrave de Wonsterbalden pour me mettre la main au collet! Mais rassurez-vous, ma chérie... j'ai encore assez d'or pour désintéresser ces prétendus créanciers...

– Et en ce qui concerne votre sécurité, coupa l'ambassadeur, j'ai déjà réclamé un détachement de nos troupes d'occupation pour venir dégager mes grilles. Après cela, je veillerai à ce que nos militaires vous escortent jusqu'au port dès que sera signalé un navire battant notre pavillon.

– Comment pourrons-nous jamais vous remercier? s'exclamèrent en chœur les deux jeunes gens.

– Je suis heureux d'honorer une dette d'amitié que j'avais contractée de longue date auprès de ce cher lord Lambourn. Il m'a rendu de grands services lorsque je n'étais qu'un tout jeune attaché au Foreign Office... Venez, mon Père, ajouta lord Dewaern en s'adressant au chapelain, nous allons précéder ces mariés jusqu'à mon oratoire et réunir quelques témoins afin de nous assurer que ce mariage ne pourra jamais être attaqué pour vice de forme!

La porte refermée sur les deux hommes, Hugo porta à ses lèvres la main de Camilla qu'il n'avait pas lâchée.

– Etes-vous bien sûre d'avoir envie de m'épouser, mon ange? murmura-t-il d'une voix émue.

– Et vous, mon bien-aimé, ne le faites-vous pas contraint et forcé, comme s'est amusé à le dire l'ambassadeur, pour me sauver du déshonneur?

– Ma chérie, si vous pouviez imaginer ce que notre mariage signifie pour moi! Vous serez mienne à jamais et nul n'y pourra plus rien, ni prince régnant ni...

– Ni comtesse moscovite! coupa-t-elle avec autorité.

Mutine, elle avait relevé la tête. Hugo lui prit les

lèvres avec passion. Leurs bouches restèrent unies pendant un long moment d'amour fervent. Ils avaient l'impression de ne plus faire qu'un pour l'éternité!

Hugo et Camilla se séparèrent en voyant la porte s'ouvrir. A la place de l'ambassadeur, ils virent s'avancer un jeune homme en tenue de voyage de la plus grande élégance. Seul un dandy de Chelsea pouvait porter un feutre à la plume aussi conquérante, une cravate à grosses raies aussi bien torsadée, un « riding-coat » aussi impeccablement coupé et des bottes aussi reluisantes.

– Charles! s'écria Chevelry au comble de la surprise. Du diable si je m'attendais à vous voir! Comment êtes-vous arrivé ici?

– Sur un vaisseau de Sa Majesté, bien sûr! répondit l'autre tandis que tous deux se serraient chaleureusement la main.

– Vous tombez à merveille, mon cher. C'est le ciel qui vous envoie avec votre vaisseau, car c'est justement ce que nous attendions pour retourner en Angleterre! Ma chère Camilla, laissez-moi vous présenter mon meilleur ami, sir Charles Fotheringdale, qui a été mon compagnon d'armes durant toute la campagne d'Espagne. Charles, la fille de lord Lambourn ici présente me fait l'honneur de me prendre pour mari. Vous arrivez à point pour être mon garçon d'honneur!

– Votre garçon d'honneur? s'étonna le nouvel arrivant. Vous vous mariez donc, Hugo? Mais pourquoi ici et à la sauvette, si je peux me permettre une question?

– Ce serait trop long à vous expliquer. Sachez seulement que ce vaisseau qui vous a amené est la seule chose qu'il nous restait encore à souhaiter pour le moment!

– Il est d'autant plus à votre disposition, mon ami, que je ne l'ai emprunté que pour venir vous chercher sur le continent.

– Me chercher, moi?... Mais... au nom de qui?... de quoi?

– Au nom du puissant seigneur qui nous gouverne, le prince régent lui-même!

– Mon Dieu! s'exclama Hugo, effondré. Mes créanciers ont-ils obtenu des lettres de cachet au point d'attirer sur moi jusqu'aux foudres de Son Altesse Royale?

– Il s'agit bien de cela! s'esclaffa Fotheringdale. Je craignais d'avoir à courir jusqu'à Meldenstein pour mettre la main sur vous et je me réjouis fort, croyez-moi, de m'épargner cette fatigue en vous trouvant ici. Nous allons repartir pour Londres au plus tôt, mon cher, et si vous voulez mon avis, reculez donc votre mariage de quelques jours pour que le prince ait la satisfaction de l'autoriser et de l'honorer de sa présence.

– Le prince régent à mon mariage? s'exclama Chevelry de plus en plus stupéfait. Que me chantez-vous là et qu'y viendrait-il faire?

Sir Charles eut un regard de côté à l'adresse de Camilla avant de déclarer avec le plus grand calme et sans y mettre la moindre intonation:

– Mon cher ami, c'est un usage, figurez-vous, quand un duc et pair se marie.

– Duc... et pair!

– Eh oui, c'est ce que vous êtes, et permettez-moi d'être le premier à vous en féliciter! Le diable seul sait parfois faire de ces tours au destin : je salue en vous, mon cher, le septième duc d'Alveston!

– Mon cousin... serait-il mort?

Sir Charles prit un air de circonstance.

– Oui, ainsi que ses deux fils, dans un incendie qui a détruit toute une aile de son château. Victime de son avarice sordide car Sa Grâce s'était refusée à faire réparer sa pompe à eau! Ses paysans, pourtant durement traités, ont fait en vain de leur mieux pour éteindre les flammes.

– C'est affreux! murmura Camilla.

– Oui, une vraie tragédie, poursuivit le messager. Mais le reste du château est intact. Il vous attend ainsi que le domaine, la pairie, la fortune. Allons, ne décevez pas la cour de Saint-James en lui refusant de danser à votre mariage!

– Mon mariage ne sera pas retardé d'une heure pour le plaisir de qui que ce soit! s'écria le nouveau duc. Vous êtes bien de mon avis, mon amour? ajouta-t-il en se tournant vers la jeune fille.

– Si vous voulez toujours de moi? dit-elle d'un air faussement dubitatif. C'est que... duc!... et riche de surcroît...

– Vous ne pensez pas cela sérieusement! s'exclama-t-il en éclatant de rire. Venez, ne faisons pas attendre plus longtemps le chapelain...

Leur garçon d'honneur ouvrit la marche et le couple, étroitement enlacé, avança dans la lueur d'un rayon de soleil qui, traversant les hautes fenêtres du hall, semblait les entraîner vers ce septième ciel que l'on dit être le paradis de tous les amoureux...

Découvrez les prochaines nouveautés de nos différentes collections J'ai lu pour elle

AVENTURES & PASSIONS

Le 4 juin :

Une passion orageuse ⟡ Heather Graham (n° 5913)

C'est la guerre de Sécession. Tia McKenzie ne voit qu'une solution pour sauver sa famille et Ellington Manor qui, autrefois, était une des plus belles plantations de Floride. Elle doit séduire le colonel Raymond Weir et feindre d'accepter sa proposition de mariage. Mais Tia est attirée par le jeune Taylor Douglas. Leur amour naissant sera-t-il assez fort pour surmonter tous les obstacles ?

Sur les traces d'un escroc ⟡ Sabrina Jeffries (n° 8562)

La jeune et ravissante Amelia Plume a beaucoup d'admirateurs, mais aucun n'est capable de lui offrir les aventures exotiques dont elle rêve. Seul le beau et mystérieux Lucas Winter pourrait réussir à la séduire. Ses baisers brûlants ne la laissent pas indifférente en tout cas. Pourtant, il semble avoir des intentions bien cachées, et Amelia est décidée à découvrir le pot aux roses…

La princesse et son mercenaire ⟡ Shari Anton (n° 8695)

Emma de Leon connaît déjà l'homme qui deviendra un jour son amant. Grâce à ses pouvoirs, elle l'a vu l'embrasser passionnément. Maintenant, elle l'a réellement rencontré, mais comment convaincre ce mercenaire accusé de meurtre et qui n'a nullement l'intention de l'épouser qu'il n'a d'autre choix que de donner son cœur à Emma ?

Le 18 juin :

Une femme de désirs ⟡ Gaelen Foley (n° 7348)

Lady Jacinta Knight s'enfuit de chez son frère qui souhaite la marier à un homme qu'elle n'aime pas. Alors qu'elle se retrouve seule la nuit dans les ruelles dangereuses de Londres, elle assiste à un combat entre deux gangs. Quand Billy Blade, l'un des chefs, l'aperçoit dans sa cachette, il lui vole quelques baisers qui éveillent en eux un désir inexplicable…

Nouveau ! 2 rendez-vous mensuels aux alentours du 1er et du 15 de chaque mois.

Son unique désir ☙ Gaelen Foley (n° 8696)
Georgiana Knight est aussi belle que peu conventionnelle. Fille d'une famille anglaise vivant aux Indes, elle est bien décidée à mener les hommes par le bout du nez jusqu'au jour où Ian Prescott arrive en mission diplomatique pour empêcher une guerre. Georgiana est tout de suite attirée par cet homme mystérieux, mais elle ignore encore à quel point cette mission sera dangereuse pour sa vie… et pour son cœur.

Et toujours la reine du roman sentimental :

Barbara Cartland

Le 4 juin :
Née sous une bonne étoile (n° 8694)
Tant de mystère (n° 8673)

Le 18 juin :
Un si gros mensonge (n° 4420)

Nouveau ! 2 rendez-vous mensuels aux alentours du 1er et du 15 de chaque mois.

1372

Achevé d'imprimer en France (Malesherbes)
par Maury-Imprimeur le 23 avril 2008.
Dépôt légal avril 2008. EAN 9782290009604
1er dépôt légal dans la collection : octobre 1982

Éditions J'ai lu
87, quai Panhard-et-Levassor, 75013 Paris
Diffusion France et étranger : Flammarion